MES CONTES

ET CEUX

DE MA GOUVERNANTE.

ON TROUVE

Chez MONGIE jeune, Éditeur.

Melval et Adèle, ou la Destinée; par l'Auteur de mes Contes, 2 vol. in-12, brochés . . . . 5 fr.

Le Lutin couleur de feu, ou mes Tablettes d'une année, 1 vol. in-12, avec figures, 4 f. 50.

Dictionnaire Allemand-Français, contenant les termes propres à l'exploitation des Mines, à la Minéralurgie et à la Minéralogie; par J.-B. Beurard, 1 vol. in-8°, au lieu de 8 fr. . . . . 6 fr.

Lettres de Louise et Valentine, par l'Auteur de Marie de Sinclair; édition dont il reste peu d'exemplaires, 2 vol. in-12 . . 5 fr.

Œuvres posthumes de Silvain Bailly, ancien Maire de Paris, 1 vol. in-8° . . . 5 fr.

Proscription de Moreau, suivie de son Mémoire justificatif, 1 vol. in-8° . . . 4 fr.

Des Manufactures de soie, et du mûrier; par M. E. Mayet, 1 vol. in-8° . . . . 3 fr.

A PARIS, DE L'IMPRIMERIE DE LEBÉGUE.

MES CONTES

ET CEUX

DE MA GOUVERNANTE,

Par Marc, Luc, Roch POLICARPE,

Autrefois Militaire, actuellement Maître
d'école et Chantre du village de Tonquebec;

Publiés par H. DUVAL,

Chevalier de la Légion d'honneur.

Diversité, c'est ma devise.

TOME TROISIÈME.

PARIS.

MONGIE jeune, Libraire, rue Royale, n° 4;
PIGOREAU, place St.-Germain-l'Auxerrois;
LECOINTE et DUREY, quai des Augustins, n° 49;
PONTHIEU, au Palais-Royal, n° 201.

1820.

MES CONTES

ET CEUX

DE MA GOUVERNANTE.

CHAPITRE XXI.

Je me fais soldat. — Histoire du parricide par
piété filiale.

ME voilà encore une fois livré à moi-
même. Je n'étais plus un enfant ; je devais faire usage de ma raison dans le
parti que j'allais prendre. Je me mis à
réfléchir à ma position ; elle n'était pas
brillante ; je possédais, il est vrai, une
vingtaine de louis ; cette somme ne

3.

I

pouvait aller loin ; je ne pouvais me présenter chez les connaissances de ma cousine, elle avait probablement eu le soin de me noircir auprès d'elles.

Mon oncle était mort en laissant plus de dettes que de bien. Je n'avais aucune espèce de fortune. Quel parti prendre ? Un seul se présentait à mes yeux avec quelques avantages ; c'était le militaire.

La révolution était dans son commencement, on organisait des compagnies de volontaires. Sachant déjà parfaitement l'exercice, je pensai que je serais bientôt distingué ; je pris donc cette détermination qui me mettait à l'abri de la vengeance de ma bonne cousine. Je fus nommé de suite caporal, et chargé de l'instruction de mes camarades.

Je ne vous ferai point ici le récit de tout ce qui se passa pendant la révolution ;

ni même celui des affaires auxquelles
je me trouvai ; non-seulement cela serait fort ennuyeux pour vous, Messieurs,
et surtout pour vous, mes aimables Lectrices; je ne vous parlerai donc que des
aventures personnelles qui me sont ar-
rivées pendant tout le temps que je
suis resté au service.

J'étais lié d'amitié avec un jeune soldat comme moi, dont l'air de tristesse
et de mélancolie m'intéressait vivement.
Je n'avais pu obtenir de lui de savoir
quelle était la cause de ce sombre chagrin ; il ne tenait point à la vie, et toutes
les fois qu'il se trouvait à quelque affaire,
il se précipitait au milieu des dangers ;
mais il semblait que le ciel voulût l'é-
pargner, car il sortait toujours des plus
grands périls, sans recevoir même une
blessure.

Enfin, le sort combla ses souhaits, un boulet lui emporta une partie du corps, et il ne survécut que quelques heures à sa blessure.

Comme j'étais son camarade de chambrée, je fis, par l'ordre de mon capitaine, l'inventaire de ses effets. Un petit manuscrit dont je reconnus l'écriture pour être la sienne, me parut contenir son histoire. J'eus la curiosité de la lire, et mon imagination en fut tellement frappée, que je puis la retracer presque sans en oublier la moindre particularité.

Monsieur et madame Duchemin avaient fait ce qu'on appelle un mariage de convenance, c'est-à-dire, que les parens de la demoiselle avaient cru faire le bonheur de leur fille, en lui donnant pour époux un homme dont la fortune était le seul mérite.

Tant que ses parens existèrent, madame Duchemin ne put raisonnablement se plaindre de son sort; son époux n'avait pas ces soins délicats, cette tendresse aimable qu'elle eût désirés; mais il n'était ni brutal, ni jaloux; et s'il manquait des qualités qui peuvent rendre une union fortunée, il n'avait pas non plus les défauts qui font souvent un enfer de l'intérieur d'un ménage.

Un fils était venu, je ne dirai pas augmenter l'attachement des époux l'un pour l'autre, puisqu'ils étaient mutuellement indifférens; mais au moins mêler dans leurs rapports journaliers plus d'aménité et de liant qu'ils n'en avaient entre eux ordinairement.

Madame Duchemin voulut nourrir son fils elle-même, monsieur s'y opposa; mais son beau-père, ainsi que sa belle-

3.

mère, ayant insisté, il finit par céder, ce qui était assez son habitude; car monsieur Duchemin poussait la faiblesse à l'excès, et se laissait mener souvent par le premier venu.

Le père et la mère de madame Duchemin moururent quatre ans après la naissance de cet enfant. Leur fille fut excessivement affligée de cette perte; elle l'aurait été encore bien davantage, si elle avait pu prévoir que sa tranquillité allait être pour jamais détruite.

Monsieur Duchemin était en relation d'affaires avec un certain fournisseur du Gouvernement, homme sans éducation, mais qui, par son esprit naturel, savait se rendre agréable dans la société : insinuant, flatteur, il savait ramper s'il le fallait pour atteindre son but. La vengeance était sa passion dominante. Tôt

ou tard il fallait en être la victime : il
eût attendu, dans le calme et le silence,
le moment favorable. Rien ne lui coû-
tait : dissimulation, caresses, argent ; il
sacrifiait tout à sa passion ; et c'est en
vous embrassant qu'il vous enfonçait le
poignard dans le cœur.

Ferrot (c'est ainsi que se nommait ce
nouvel ami de Duchemin) fut invité par
ce dernier à venir chez lui ; la maîtresse
de la maison le reçut avec ces égards que
l'on doit aux amis de son époux.

Ferrot ne vit pas plutôt cette femme
charmante, qu'un sentiment coupable
prit naissance dans son cœur, et le désir
de séduire la femme de son ami devint
pour lui sa passion dominante.

Ferrot commença par chercher à connaître le caractère de Duchemin : cela ne
lui fut pas difficile. En peu de temps il

prit un tel ascendant sur son ami, que Duchemin ne voyait plus que par les yeux de son cher Ferrot, et que rien n'était bien fait, si ce n'était d'après ses conseils.

Madame Duchemin n'avait jamais été si heureuse que depuis que Ferrot venait chez elle : son mari, qui aimait à s'amuser, faisait partager ses plaisirs à son épouse, ainsi qu'à sa nouvelle connaissance. C'était à Ferrot qu'il demandait ce qu'il fallait faire pour se divertir, et celui-ci en laissait toujours le choix à madame Duchemin, qui, dans le fond du cœur, lui en conservait une véritable reconnaissance. Enfin, dans toute la maison, on ne jurait que par Ferrot ; il avait su plaire à tout le monde.

Madame Duchemin, malgré tous les plaisirs auxquels elle se livrait, n'ou-

bliait point son fils, et cet enfant avait
pour sa mère la plus vive tendresse ; car
malgré qu'il eût une bonne, qui avait pour
lui tous les soins imaginables, il ne voulait être qu'avec sa mère, et devenait
triste et chagrin lorsqu'elle était obligée
de le quitter. Il ne voulait ni manger,
ni dormir, et pleurait jusqu'au moment
où elle revenait près de lui.

Un jour que madame Duchemin était
seule, son époux étant allé à la campagne et ne devant revenir que dans quelques jours ; elle travaillait près de son
fils qui dormait ; de temps en temps
elle contemplait son enfant, et cette
vue remplissait son cœur de ce bonheur
qu'une tendre mère peut seule ressentir.

Ferrot, qui avait su faire engager
Duchemin par un de ses acolites, à qui
il avait confié ses desseins, et qui y prê-

tait les mains de tout cœur; Ferrot, dis-
je, arriva chez celle dont il méditait la
conquête. Il avait mis un soin extrême
à sa toilette; joignez à cela une fatuité
insoutenable et le plus excessif amour
propre ; tel se présenta notre galant
auprès de madame Duchemin.

Etonnée d'une mise aussi recherchée,
cette dame ne put s'empêcher de s'é-
crier, en l'apercevant : Eh , mon Dieu !
monsieur Ferrot, allez-vous vous marier?
Non Madame, répondit-il.—Vous allez
alors voir votre belle?—Oui, Madame.—
Est-elle jolie?—Charmante.—Aimable?
—Autant que vous. — Jeune ? — De
votre âge. — Vous aime - t - elle ? — Je
l'ignore. — Et vous ? — Moi, j'en suis
fou. — Eh bien, pourquoi garder le
silence? — Je vais lui parler aujour-
d'hui. — Et vous ferez bien. Mais je ne

veux pas que vous perdiez près de moi
un temps qui pourrait être bien mieux
employé auprès d'elle; ainsi point de
gêne.—Je suis loin de perdre mon temps
près de vous, et je ne pourrai jamais
être mieux. — Heureusement qu'elle ne
vous entend pas ; car si elle savait ce
que vous venez de me dire, elle se fâ-
cherait. — Elle le sait. — Comment,
elle le sait ? — Certainement. — Je ne
vous comprends pas. — Cela est pourtant assez facile. — Pas pour moi toujours. — C'est que vous ne voulez pas
voir que c'est vous, Madame, qui êtes
cette personne. — Moi ! s'écria madame
Duchemin toute étonnée, moi ! c'est
apparemment une plaisanterie de votre
part. — Non, je vous assure que rien
n'est plus vrai. — Je ne puis le croire.
— Je vous en fais le serment. Ecoutez,

Madame, puisque la glace est rompue, je vais vous parler avec franchise.

Je n'ai pu voir tant de beauté, d'esprit et d'agrément sans en être frappé. Un feu violent a embrasé mon âme ; je me suis fait toutes les réflexions possibles ; je me suis dit que c'était trahir l'honneur et l'amitié ; mais je n'ai point le pouvoir de résister au sentiment qui me domine. C'est la première fois que l'amour a blessé mon cœur, et c'est avec une force extrême qu'il s'est emparé de moi. Vous allez m'objecter votre vertu, vos devoirs. Je sais tout cela ; mais ne m'ôtez pas l'espérance de vous rendre sensible , de parvenir à vous toucher.

Madame Duchemin était restée dans le plus profond étonnement, et elle était loin de s'imaginer que Ferrot parlât

vrai ; mais il ne lui donna pas le temps
de faire aucune réflexion, il se jeta à
ses pieds, et voulut prendre des libertés
qui alarmèrent la pudeur de cette
femme vertueuse. Elle le repoussa avec
force, et l'œil animé par la colère, elle
lui jeta un regard dans lequel se pei-
gnit tout le mépris que pouvait inspirer une telle conduite.

Son fils vint à se reveiller; elle le
prit dans ses bras et le montrant à
Ferrot, Monsieur, lui dit-elle, il faut
que vous ayez une bien mauvaise opi-
nion de moi pour croire que je pourrais céder à vos désirs? Je vous aimerais, ce qui est bien éloigné de mon
cœur, que j'aurais le courage de vous
résister. Jugez, actuellement que je
vous méprise, si vous parviendrez à
votre but!

Ferrot voulut recommencer encore ses instances ; mais madame Duchemin, forte d'avoir son enfant entre ses bras, opposa à cet ami perfide la plus constante résistance. Ferrot, voyant qu'il ne pouvait rien obtenir, quitta celle qu'il voulait déshonorer. Madame, lui dit-il encore avant que de sortir, peut-être un jour vous repentirez-vous de vos refus ; peut-être un jour vous regretterez de m'avoir repoussé ! — Non, Monsieur, ne le pensez pas ; toutefois que l'on a la vertu pour guide, les plus grands malheurs même ne peuvent nous causer des regrets. — Vous réfléchirez ; je n'ai plus qu'un mot à vous dire. C'est que je saurai me venger de vos refus et détruire pour jamais votre tranquillité. — Il ne manquait plus que cela, Monsieur, pour vous faire connaître entièrement, et vous faire juger comme vous le méritez. — Adieu, Madame, puissiez-vous, pour votre bonheur, me devenir plus favorable. Ferrot sortit après ces paroles.

Madame Duchemin était consternée; elle ne pouvait croire encore à la perversité de cet homme immoral; mais ne voulant plus le revoir, et craignant que son mari ne fût prévenu par lui, elle se décida à lui en parler dès qu'il reviendrait de la campagne.

Il était déjà trop tard, Ferrot l'avait prévenue, se doutant bien de ce qu'elle ferait.

Lorsque monsieur Duchemin revint chez lui, sa femme fut l'embrasser comme de coutume; mais il ne s'y prêta qu'avec mauvaise grâce. Tu ne sais pas, mon ami, ce qui s'est passé pendant ton

absence, lui dit-elle? — Si, Madame. —
Cet homme que tu crois ton ami... —
Et qui l'est véritablement. — Comment
peux-tu dire cela? — C'est bon, Madame, cela suffit. — Mais, mon ami. —
Mais, Madame, je sais fort bien tout ce
qui s'est passé, et que jamais vous ne
voyez de bon œil mes amis. Ne croyez
pourtant pas que je sois assez faible
pour condescendre à toutes vos volontés. Je suis le maître ici, et j'y recevrai
qui bon me semblera. Parce que l'on dit
à madame quelques petites galanteries,
ne s'ensuit-il pas que l'on va lui faire des
propositions? En vérité, les femmes
sont pétries d'amour propre; on ne
peut leur rien dire d'honnête, qu'elles
ne le prennent de suite pour une déclaration. — Oh! mon ami, avez-vous pu
écouter tous ces mensonges. — Allons,

est-ce fini ? Une autre fois soyez moins ridicule, parce que j'y mettrai bon ordre.

Madame Duchemin fut obligée de se taire, pour ne point irriter son époux.

Hélas! la tranquillité de la pauvre femme fut perdue sans retour! Poussé par les conseils de Ferrot, Duchemin s'adonna au jeu, devint bourru, grondeur : lorsqu'il perdait, sa maison devenait un enfer. Malgré la douceur de son épouse, il ne la rendait pas moins victime de sa brutalité.

Ferrot se trouvait quelquefois présent aux scènes qu'il faisait à cette malheureuse femme, et loin d'en avoir pitié, il attendait qu'elle fût seule pour renouveler ses propositions. — Monstre! lui répondait madame Duchemin, vous me faites horreur! et j'aimerais mille fois mieux mourir, que de céder à un homme aussi exécrable! — Vous ne mourrez point, lui répondait Ferrot avec sang-froid; mais vous souffrirez, et par votre faute. Votre sort dépend de vous. — Eh! Monsieur, mon plus grand supplice est de vous voir. — Vous êtes un enfant; vous vous repentirez quelque jour de vos refus; il n'en sera plus temps.

Plus les jours s'écoulèrent, plus monsieur Duchemin se livra à tous les vices; le jeu et le vin furent ses seules occupations. Ferrot, aidé d'autres misérables de son espèce, parvint à dépouiller Duchemin d'une grande partie de sa fortune.

Plus on joue, plus on veut jouer, et le malheureux rendait sa femme responsable des pertes qu'il faisait journellement. Les injures, les mauvais traitemens étaient prodigués à une femme dont la conduite était irréprochable.

La pauvre madame Duchemin n'avait de consolation que dans la tendresse excessive de son fils. Cet enfant ne voyait que sa mère. Quoique bien jeune encore, il savait déjà connaître à quel point elle était malheureuse.

Bien des fois il s'était mis entre son père et celle qu'il chérissait, et se trouvait heureux de pouvoir épargner à cette dernière les mauvais traitemens de son père. Bien des fois il reçut les coups adressés à sa mère; il dissimulait le mal qu'il ressentait, et souffrait en silence, de peur d'affliger celle qui lui avait donné le jour.

Ayant joué toute sa fortune, Duchemin vendit peu à peu ses meubles. Son épouse et son fils ne vivaient que de privations. Chaque jour il devenait de plus

en plus brutal et colère; son caractère,
aigri par sa mauvaise fortune, était irras-
cible; le moindre mot, l'action la plus
innocente, devenaient le motif des plus
violens emportemens.

Souvent les voisins furent obligés de
venir arracher ces deux victimes, des
mains de leur bourreau; car dans ses ac-
cès de fureur, il les aurait immolées.

Madame Duchemin, quoique ayant
beaucoup de qualités, n'avait pas la tête
assez forte pour supporter un pareil trai-
tement. Une profonde mélancolie s'empara d'elle; elle prit l'horrible résolution
de se détruire, et pensa que le moyen
le plus prompt et le plus sûr était de se
noyer.

Son fils avait douze ans; elle lui
confia son projet. Cet enfant en frémit
d'épouvante; il se jeta aux genoux dé

sa mère pour la détourner de ce dessein.
Non, lui répondit-elle, non, rien ne
peut empêcher son exécution; tu n'aimes
pas ta mère, puisque tu préfères qu'elle
souffre journellement, à la voir terminer
en un instant tous les maux qu'elle en-
dure. Il refusait encore, pleurait, pres-
sait les genoux de sa mère. Mais rien
ne put la désarmer. Mon fils, lui
dit-elle, si vous attachez quelque prix
à mon affection, vous allez me conduire,
ou si vous refusez, si vous cherchez à
faire connaître mon dessein à qui que
ce soit, je vous donne ma malédiction.

A ces mots terribles, le fils n'osa plus
insister; il baissa la tête en signe de
consentement.

La nuit était tombée, les vents dé-
chaînés faisaient entendre leurs siffle-
mens lugubres; une pluie glaciale tom-

3.   3

bait avec force et ajoutait encore à l'horreur de cette scène affreuse.

Les deux infortunés se rendirent en silence au lieu du sacrifice. Chaque pas qui les approchait du terme fatal, était un nouveau supplice pour le cœur de ce fils malheureux. Déjà le bruit du courant se faisait entendre; déjà, ils apercevaient le fleuve, lorsque ce fils infortuné se prosternant aux pieds de sa mère, lui fit entendre ces gémissemens qui partaient d'un cœur déchiré par les plus cruels tourmens. O ma mère! ma mère! s'écriait-il, que veux-tu que devienne ton malheureux fils? Je t'en conjure, renonce à ton affreux projet. Ses cris, ses sanglots, finirent par attendrir le cœur glacé de cette femme au désespoir. Tu le veux, lui dit-elle, eh bien, j'y consens ; toi seul, mon fils, me retiens sur cette terre de douleur.

Je ne puis vous peindre le bonheur de ce bon fils ; quand il eut la certitude que sa mère avait renoncé à ce fatal projet. Ils revinrent chez eux.

Plusieurs mois se passèrent à souffrir; mais ils n'étaient pas à la fin de leurs tourmens. Duchemin finit comme tous les hommes qui se livrent entièrement à ces vices qui dégradent l'espèce humaine. De dupe il devint fripon ; bientôt aucun crime ne lui coûta pour avoir cet argent nécessaire à ses funestes penchans.

Sa malheureuse épouse ne put rester long-temps, sans avoir connaissance de la conduite infâme de son mari. Son aversion pour la vie devint de plus en plus forte. Elle ne pensa plus qu'aux moyens de se détruire.

Une nouvelle plus horrible encore que tout ce qu'elle pouvait craindre, vint hâter sa résolution. Son époux venait de commettre un meurtre; il s'était sauvé, mais la justice était à sa poursuite.

Voulant mettre un terme à ses maux, elle appela son fils. Mon ami, lui dit-elle, pour toi seul j'ai supporté la vie jusqu'à ce jour; mais ton père vient de me couvrir d'infamie. La misère la plus affreuse est notre partage. Mes yeux, abîmés par mes larmes, m'ôtent tout pouvoir de travailler; je n'ai plus de ressource. La mort, voilà mon seul et unique asile! Ah! ma mère, s'écria ce fils désolé, que parlez-vous de mourir? —Oui, mon fils, oui, mon sort est dé-

cidé. J'attends, de ta tendresse pour
moi, que tu me prêtes ton secours! —
Qu'osez-vous dire! qui, moi!.... Ah!
ne l'espérez pas!—Je t'en supplie, mon
cher fils. —Non, ma mère, non, je ne
puis y consentir, répondit l'enfant en
versant des larmes abondantes. Eh bien!
lui dit la mère, je te voue une haine
éternelle, et je te donne ma malédiction!
Ah! ma mère, s'écria ce fils infortuné,
en se jetant à ses pieds, ah! ma mère!
révoquez ces paroles affreuse! je ne
puis les supporter.—Eh bien! m'obéiras-
tu? —Vous obéir!—A ce seul prix
je veux bien retirer ma malédiction. —
Que me demandez-vous!—Non, tu
n'aimes pas ta mère! Va, fils ingrat,
c'est-là la récompense de mes soins et
de ma tendresse pour toi!—Ah! ciel!
moi qui donnerais ma vie pour vous!

—Obéis donc !—Le malheureux enfant, désespéré par ces cruels reproches, n'osa plus résister.

Madame Duchemin mit un matelas par terre, elle se coucha dessus, après s'être attaché elle-même les jambes avec un mouchoir ; elle appela son fils auprès d'elle.

Tu vas écouter tout ce que je vais te prescrire, lui dit-elle, et songes que de l'entière exécution de mes volontés, dépend la malédiction de ta mère.

Le fils ne répondit que par ses pleurs.

Tu vas, continua la mère, m'attacher les mains avec ce mouchoir, tu me mettras cet autre sur la bouche, de manière à m'ôter la respiration ; tu prendras mes matelas, que tu mettras sur moi ; tu y placeras tout ce que tu trouveras de plus lourd. Quelques mouvemens que je fasse,

ne cherches point à me rendre à la vie.
Tu resteras auprès de moi jusqu'à onze
heures du soir. A cette heure, tu sorti-
ras, tu fermeras la porte et tu iras où le
Ciel voudra te conduire. Voici un peu
d'argent que j'ai retiré des hardes qui
nous restaient; cela te donnera les
moyens d'attendre que tu puisses te
placer.

Elle présenta alors ses mains à son
fils qui, tout en pleurant, les attacha; il
posa le bandeau fatal sur la bouche de
sa mère. Elle se coucha alors sur le matelas où elle était assise.

Ce malheureux enfant exécuta tout ce
que sa mère lui avait prescrit, et après
avoir mis sur elle tout ce qui était dans
la chambre, il s'assit et attendit l'heure
à laquelle elle lui avait ordonné de la
quitter.

Il était dix heures du matin lorsque cette affreuse catastrophe eut lieu. Une heure n'était pas encore écoulée, que des gémissemens vinrent frapper l'oreille de l'infortuné : il s'approcha de sa mère, qui se débattait contre la mort; il ôta ce qu'elle avait sur elle; mais elle le repoussa, et elle eut encore la force de lui faire signe de remettre sur elle ce qu'il en avait retiré; il obéit!

Bientôt la mort saisit sa proie! Un profond silence vint régner dans la chambre! Il n'était interrompu que par les pleurs du malheureux enfant!

Onze heures sonnèrent; il se leva, sortit, ferma la porte de la chambre, s'achemina vers la rivière et s'élança au milieu des flots!

Au bruit de sa chute, des bateliers accoururent à son secours, et le sauvèrent,

malgré lui. Il fut conduit devant le ma-
gistrat, à qui il raconta ce qui venait de
se passer, et tous les assistans frémirent
aux détails de cette scène épouvantable.

La justice s'empara de cette affaire;
mais cet enfant fut acquitté : il s'enga-
gea, et partout cherchait à rencontrer
la mort; enfin, comme je l'ai déjà dit, il
perdit la vie, qu'il détestait avec tant de
raison.

CHAPITRE XXII.

Je vais en Égypte. — Je sauve une jeune musulmane. — Mes amours avec elle. — Sa mort.

———

CETTE histoire augmenta encore ma mélancolie. Je n'avais d'autre bonheur que de lire la lettre de celle que j'adorais, de contempler son portrait.

Mon service prenait tous mes momens, et ceux que je pouvais avoir de libres, étaient consacrés à penser à celle que je ne devais jamais revoir.

J'étais passé dans la cavalerie, préférant cette arme à l'infanterie, et j'étais devenu maréchal-de-logis-chef de hussards.

Aimé de mes supérieurs, considéré de mes chefs, j'étais heureux, si l'on peut regarder comme un bonheur, cette apathie de l'âme qui nous rend insensibles à tout ce qui se passe autour de nous.

Une nouvelle que l'on nous annonça me tira de cette funeste position, à laquelle j'aurais peut-être succombé; car je sentais une profonde mélancolie prendre sur mon cœur un ascendant irrésistible.

Notre régiment eut l'ordre de se rendre à Toulon, nous devions faire partie de l'armée que l'on envoyait en Egypte.

Aussitôt notre arrivée, nous fûmes embarqués, et le 3o floréal an 6, nous mîmes à la voile.

L'escadre, composée de cent quatre-

vingt-quatorze voiles, portait dix-neuf
mille hommes de troupes de débarquement ; sans compter les artistes, les
savans, les employés, etc., qui nous
accompagnaient. Nous fûmes joints le 21
prairial, à lahauteur de l'île de Gozzo,
par un convoi qui venait de Civita-Vec-
chia.

Nous approchâmes de Malthe ; le ro-
cher est investi ; la descente est effec-
tuée, et malgré les efforts des chevaliers,
ils sont vaincus, et Malthe est en
notre pouvoir.

Le premier messidor, nous remîmes
à la voile, et bientôt nous ne fûmes qu'à
quelques lieues d'Alexandrie.

Que de souvenirs la vue de ce pays
présenta à mon imagination : berceau
de toutes les sciences, les Grecs lui du-
rent leurs beaux arts.

Dans quel abaissement ce peuple n'est-il pas tombé! courbé sous le joug du despote musulman, on cherche en vain à retrouver dans leurs traits les traces du génie; on n'y voit que l'abrutissement le plus complet.

Le débarquement s'opéra avec calme et avec le plus grand ordre. Alexandrie capitula, et les habitans furent traités avec la plus grande générosité.

Nous partîmes alors pour le Caire; nous rencontrâmes les Mameloucks et les Arabes, qui voulurent nous disputer le passage : ils furent battus à Rhamanié, à Cherbrane.

Le 22 messidor, nous aperçûmes ces fameuses pyramides, monumens de la folie humaine. Nous n'eûmes point le temps de les examiner; le soir nous n'étions qu'à six lieues du Caire.

Les vingt-trois beys avec toutes leurs forces s'étaient retranchés à Embabée; ils avaient garnis leurs retranchemens de plus de soixante pièces de canons.

Le lendemain nous attaquâmes; les Mameloucks firent la plus grande défense; mais ils furent enfoncés. Nous en fîmes une boucherie effroyable. La plus grande partie des beys furent tués ou blessés. Mourad-Bey fut blessé à la joue: leur bagage tomba en notre pouvoir.

La ville du Caire se rendit le surlendemain de cette bataille. Mon colonel avait été blessé dans cette dernière action; il m'avait pris en amitié. Je le laissai entre les mains du chirurgien du régiment, et, suivi de deux hussards,

j'allai lui chercher dans la ville un logement commode.

Je trouvai une maison dont l'apparence me convint. Les portes en étaient
ouvertes : nous entrâmes dans une cour
spacieuse. Etant descendu de cheval,
je laissai ma monture à un des soldats
qui étaient avec moi, et suivi de l'autre,
nous entrâmes dans les appartemens.

Personne ne parut à nos regards.
Nous aperçûmes dans la dernière chambre une petite porte fermée ; nous fîmes
nos efforts pour l'ouvrir. N'y pouvant
parvenir, mon hussard me dit qu'il allait chercher une barre de fer qu'il avait
vue dans notre cour.

En attendant son retour, je contemplai l'appartement dans lequel je me
trouvais ; il était décoré avec la plus
grande magnificence. Un divan d'é-

toffes les plus riches en ornait le tour.
Des peintures en arabesques embellis-
saient les murs, et des tapis les plus
précieux étaient étendus sur le plan-
cher. Les fenêtres, garnies de barreaux
de fer, me firent présumer que cette
chambre dépendait du harem de cette
maison.

Mon hussard étant revenu, je ne
poussai pas plus loin mes réflexions, et
nous nous mîmes en devoir de faire
sauter la porte qui était si bien fermée.

Je ne sais quel pressentiment m'a-
vertissait que je trouverais là quelqu'aventure. J'eus soin, en cas de sur-
prise, de tenir un pistolet d'une main et
mon sabre de l'autre. Mon hussard eut
bientôt fait sauter la barrière qui nous
séparait d'un autre appartement. Nous
entendîmes alors les cris d'une femme.

Je me précipitai dans un couloir qui menait à une autre chambre : la porte ne résista pas davantage à nos efforts ; elle tomba, et nous vîmes le spectacle le plus effroyable se présenter à nos yeux.

Dans cet appartement, plus riche encore que tous ceux que nous avions vus, trois femmes, d'une grande beauté, étaient étendues, percées de coups de poignards et baignant dans leur sang. La pâleur de la mort était répandue sur leurs traits. Une quatrième, jeune et plus belle encore, échevelée, se débattait entre les mains d'un esclave affricain, qui, armé d'un poignard, cherchait à lui arracher la vie.

Je me précipitai sur ce barbare ; mon sabre lui fendit la tête ; il tomba, et entraînant avec lui celle dont je ve-

nais de sauver les jours, il la couvrit de
son sang impur. J'eus bientôt débarrassé
cette jeune et belle personne du monstre
qui voulait la faire périr ; elle était éva-
nouie ; je l'emportai dans la première
chambre, et j'ordonnai à mon hussard
de voir si quelques unes des femmes qui
avaient été poignardées, donnaient encore quelque signe de vie.

Je plaçai celle que je venais de
sauver, sur le divan ; et mes soins
parvinrent à lui rendre la connaissance.
Lorsqu'elle ouvrit les yeux, son regard
peignait encore l'effroi. Elle joignit les
mains et voulut se jeter à mes pieds ;
mais je la relevai aussitôt, et par mes
signes, je lui fis entendre qu'elle n'avait
rien à craindre.

Mon hussard vint m'avertir que
tout était inutile pour rendre à la vie

ces trois femmes poignardées, qu'elles
avaient cessé d'exister. Je l'envoyai
prévenir son camarade, afin qu'il allât
au-devant de mon colonel et qu'il le
conduisît à cette maison. Pour lui, je
lui ordonnai de mettre nos chevaux en
sûreté, et de ne laisser entrer personne
que notre commandant.

Lorsque je fus seul avec la jeune personne que j'avais sauvée, je l'examinai
attentivement ; elle me parut avoir de
quinze à seize ans, la peau d'une blancheur extrême, la chevelure, les sourcils
et les yeux du plus beau noir ; de lon-
gues paupières, donnaient à son regard
une majesté et une douceur incon-
cevables, des larmes coulaient sur son
charmant visage ; sa bouche petite et
vermeille, laissait apercevoir deux ran-
gées de dents, dont l'émail l'aurait dis-

puté aux perles ; sa taille, sans être trop
grande, était svelte ; sa main et son pied
admirables.

Ma belle musulmane m'adressa la
parole en turc, et moi je lui répondis
en français ; ce n'était pas le moyen de
nous entendre. J'aurais voulu qu'elle
changeât de vêtemens, les siens étant
couverts de sang. Mes signes le lui firent
comprendre ; mais elle me répondit, de
la même façon, qu'elle ne pourrait jamais
passer dans l'appartement où étaient les
corps de ces malheureuses femmes.

Ne sachant comment faire, il me vint
à l'idée de lui parler italien ; j'avais appris un peu cette langue. Je fus charmé
de voir qu'elle me comprenait ; elle me
répondit dans le même idiome, et je pensai avec plaisir que nous avions un moyen
de correspondre ensemble.

Elle m'apprit en quel endroit je trouverais des habits, pour qu'elle pût
changer ceux qu'elle avait sur elle, et
qui étaient souillés du sang de l'Africain.

Je courus aussitôt à l'endroit qu'elle
m'avait indiqué ; je pris une brassée des
effets que je trouvai, et je les lui apportai.
Je voulus me retirer, afin de lui laisser
la liberté de s'habiller; mais elle m'arrêta les larmes aux yeux, en me deman-
dant si je voulais l'abandonner?

Je lui jurai que jamais je n'en aurais
la pensée; elle se jeta dans mes bras avec
la plus grande confiance, et me couvrit
de baisers, pour me remercier de ma
bonté envers elle.

Je trouvais mon rôle assez embarras-
sant; tout autre, à ma place, eût pro-
fité de l'ignorance de cette jeune fille;
mais moi, quoiqu'elle eût fait impres-

sion sur mon cœur, je ne voulais devoir ma victoire qu'à l'amour que je pourrais lui inspirer.

Elle changea d'habits à mes yeux, je fus obligé de lui aider dans sa toilette : elle découvrit à mes regards les charmes les plus enchanteurs, et je ne sais, ma foi, si j'aurais pu contenir plus long-temps mes désirs, si mon hussard n'était venu m'avertir que mon colonel était arrivé.

J'allais sortir pour me rendre auprès de mon chef; mais Zélide (c'est ainsi que se nommait celle que j'avais sauvée) Zélide ne voulut point me quitter; elle s'attacha à moi; je fus forcé de l'emmener. Je n'étais pas très-flatté de la faire voir à nos officiers, je le dis franchement; je commençais à être un peu jaloux de ma conquête.

Lorsque j'entrai dans l'appartement

du colonel, il était seul avec le docteur;
ils ne purent s'empêcher de laisser échapper un mouvement d'admiration en
voyant Zélide.

Le colonel me demanda quelle était
cette jeune personne. Je lui racontai ce
qui m'était arrivé. Je n'avais point fait
de questions à Zélide sur sa famille; mais
le colonel s'était informé à qui appartenait cette maison; et ayant su que c'était
celle d'un des beys, ne douta pas que
cette jeune personne ne fut, ou une de
ses femmes, ou sa fille même.

Sachant par moi qu'elle parlait italien,
il la questionna sur ses parens. Elle nous
apprit que son père était un des beys
qui avaient été vaincus; qu'en partant il
avait laissé l'ordre au chef de ses eunu-
ques, si la ville était prise, et s'il y avait
à craindre que les Français pénétrassent

dans son harem, de poignarder ses femmes et sa fille; ce que celui-ci avait exécuté; qu'elle ne devait son salut qu'à mon arrivée.

Je dois la vie à ce Français, continua-t-elle, ainsi je lui appartiens, et tout mon bonheur sera de la lui consacrer. A cette déclaration imprévue, le colonel et le docteur me félicitèrent sur ma conquête.

Le premier m'apprit que je resterais avec lui tant que sa blessure l'empêche-rait de rejoindre son régiment. Un pi-quet de hussards fut établi à sa porte. Je me retirai avec Zélide, après avoir don-né l'ordre d'enlever de cette pièce les corps de ces malheureuses femmes et celui de l'Africain.

Je pris pour mon logement une petite chambre qui donnait sur les jardins.

Zélide était enchantée de pouvoir par-
courir librement toute la maison; elle
m'accablait de caresses, de baisers. Enfant de la nature, elle suivait l'impulsion
de son cœur.

Si je ne lui rendais pas les caresses
qu'elle me prodiguait, elle me reprochait
que je n'avais point d'attachement pour
elle, et ses beaux yeux se remplissaient
de larmes.

Je cédai donc au destin qui me poussait vers elle, et cette heureuse nuit je
prouvai à Zélide que je l'aimais autant
qu'elle me chérissait.

Jamais je n'avais éprouvé une plus vo-
luptueuse ivresse. Ah! l'amour, dans nos
pays, n'est que de la glace auprès de
celui de ces contrées : c'est un feu dé-
vorant.

J'étais le constant objet des atten-

3. 5

tions, des prévenances, des soins de Zélide; sa vie était dans mes regards; toutes les impressions qui se peignaient sur
ma physionomie étaient réfléchies par la
sienne; elle ne voyait que moi dans la
nature.

Nous passions une partie de nos jour-
nées auprès du colonel, qui nous aimait
comme ses enfans. L'âge et les fatigues
avaient blanchi ses cheveux; mais n'a-
vaient point altéré la bonté de son cœur;
il jouissait de voir notre attachement
mutuel.

Dans une de ces soirées, Zélide nous
raconta qu'elle devait le jour à une esclave italienne, qui mourut en lui donnant la naissance. Elle fut élevée par
un autre esclave du même pays. Chère
Almaïs, continua Zélide, tu fus pour
moi une véritable mère. Cette femme

aimable et infortunée avait été enlevée à son époux et à ses enfans, par un barbare ravisseur, qui lui-même fut fait esclave, ainsi que celle dont il venait de détruire le bonheur. Mon père acheta cette femme, continua Zélide, il la plaça auprès de ma mère, dont elle obtint l'amitié et la confiance. Cette dernière, en mourant, chargea Almaïs de prendre soin de moi, et lui fit jurer de ne point m'abandonner que lorsque je serais en âge de me passer de ses soins. ⸺

Ma mère fit de même jurer au Bey, sur l'Alcoran, qu'aussitôt que j'aurais atteint quatorze ans, ma gouvernante serait libre; qu'il la ferait repasser dans son pays, et qu'il la récompenserait généreusement; ce qui fut exécuté comme ma mère l'avait désiré.

Il y a un an qu'Almaïs est retournée en Italie, comblée de nos bienfaits ; j'ai reçu une lettre d'elle qui m'a appris qu'elle avait retrouvé son époux et ses enfans ; et qu'elle serait parfaitement heureuse, si elle était certaine de mon bonheur. Elle était loin de prévoir que je jouirais de la plus grande félicité. Combien de fois, en me parlant de son pays, ne plaignit-elle pas mon sort, d'être condamnée à devenir l'épouse d'un musulman ; à passer ma vie enfermée dans un harem, à ne jouir d'aucune liberté. Chère Zélide, me disait cette excellente femme, votre sort n'est pas comparable à celui des femmes dans mon pays ; mais il n'existe pas de bonheur au-dessus de celui des Françaises. Reines et maîtresses, elles voyent tous les hommes à leurs genoux briguer un

regard, un sourire; libres comme l'air
qu'elles respirent, chaque moment de
leur vie est une jouissance. Leurs époux,
loin d'être incommodes, jaloux, cruels,
sont les premiers à faire briller leurs
femmes, et plus elles ont de succès
dans la société, plus ils en sont flattés.
Heureuse, mille fois heureuse l'épouse
d'un Français.

Ces discours souvent répétés, continua Zélide, firent sur mon cœur la plus
vive impression; je détestai mon sort;
il me parut affreux. Mon père vint encore en redoubler l'horreur, en m'apprenant qu'il allait me donner pour
épouse à un Bey de ses amis; mais au
moment où je ne voyais d'autre moyen
que la mort, pour me délivrer des maux
que cette union allait attirer sur ma
vie, la nouvelle nous parvint qu'une

armée de Français avait débarqué à Alexandrie, et s'avançait vers cette ville.

Une espérance, incertaine pourtant, vint luire à mon cœur; mon union fut différée. Mon père se prépara à la guerre. Je faisais des vœux pour que les Français pussent entrer dans ces murs. Mon père, que je connaissais à peine, et qui n'avait jamais eu pour moi aucune espèce d'amitié, partit sans emporter mes regrets : celui qu'il m'avait destiné pour époux l'accompagnait. J'appris que l'armée française s'avançait, qu'elle avait vaincu les Mamelouks, que l'on croyait invincibles. Bientôt tout ici fut dans la rumeur. Les Français prirent la ville. Aly, l'esclave, favori de mon père, entra l'œil plein de férocité dans notre appartement ; il poignarda à mes yeux les femmes que mon père avait laissées

avec moi à la ville. Mes cris et ceux de
ces malheureuses victimes, ne purent
l'attendrir. Le danger de ma situation
doubla mes forces et mon courage : je
parvins à lui résister. Un bruit que j'a-
vais entendu dans la maison me donnait l'espoir d'être secourue.

J'allais pourtant succomber à cette
lutte inégale, lorsque tu vins m'arracher
à la mort, en frappant cet esclave cruel.
Je te vis, tu étais Français, je te devais
la vie; tous mes désirs furent de ne te
plus quitter! Heureuse, si ton cœur ré-
pond toujours à celui de ta Zélide! Un
doux baiser fut ma réponse.

Mon colonel commençait à se lever;
sa blessure était presque fermée. Nous
devions, sous quelques jours, rejoindre
l'armée. J'avais fait faire, pour Zélide,
un habit de hussard : elle était charmante

sous ce costume; peu de leçons suffi-
rent pour lui apprendre à monter à
cheval et à diriger son coursier avec
assurance.

Nous n'avions plus que trois jours à
rester au Caire, lorsque le plus affreux
malheur vint jeter sur ma vie la douleur
et les regrets.

Nous étions, le colonel, Zélide et
moi, dans l'appartement du premier, à
causer de notre retour en France, quand
la guerre serait terminée; nous bâtis-
sions des châteaux en Espagne, pour
ces temps éloignés; mon colonel, qui
n'avait point d'enfant, voulait nous
adopter pour les siens; tout nous présentait un avenir des plus agréables,
lorsque nous fûmes interrompus dans
notre conversation, par un bruit de

voix et d'armes qui s'approchait de notre appartement.

La porte s'ouvrit, nous vîmes entrer
dans la galerie qui conduisait au salon
où nous étions, une troupe de Mameloucks le sabre à la main. Ils se préci-
pitèrent vers nous; nous n'eûmes que le
temps, le colonel et moi, de saisir nos
armes, et de nous mettre en défense.
Je ne puis exprimer ce que je devins, lorsqu'un de ces barbares me tira
un coup de pistolet; Zélide avait vu
son mouvement, elle se jeta, avec la
promptitude de l'éclair, au-devant du
coup, et la balle vint lui percer le sein !

A cet affreux signal, je me précipitai
sur ces monstres; ils ne purent nous
résister. Nos hussards, qui avaient
entendu le coup de pistolet, étaient
montés, et faisaient, de leur côté, un

3.   6

horrible carnage de tous ceux qu'ils
combattirent. Cette troupe homicide
fut bientôt vaincue.

Nous nous barricadâmes, de crainte
qu'une autre ne pénétrât dans nos murs;
car tout le Caire était en insurrection,
et nous nous décidâmes à vendre chè-
rement notre vie.

Je revins auprès de l'infortunée Zélide, mes soins la rappelèrent à la vie;
elle ouvrit les yeux, me tendit la main;
et pressa la mienne sur son cœur.

Cher ami, me dit-elle, je meurs heureuse, puisque j'ai pu sauver tes jours;
pense quelquefois à la pauvre Zélide : en
disant ces mots, ses yeux se fermèrent
pour jamais! vainement je voulus douter de sa mort! tout fut inutile! je cou=
pai sa longue chevelure. Je ne me con-

naissais plus, mon désespoir était affreux !

Mon colonel fut obligé de me faire
garder à vue, car je me serais détruit.

L'insurrection qui avait éclaté dans
la ville ayant été réprimée, les chefs
punis, mon colonel voulut retourner à
son régiment. Il me parla comme un
père. L'idée que je pouvais trouver la
mort dans les combats en servant mon
pays, me rendit une espèce de tranquillité. J'écoutai avec calme les con-
solations du colonel, et il fut convenu
que nous rejoindrions, le lendemain,
notre régiment.

~~~~~~

CHAPITRE XXIII.

Départ pour l'armée. — Histoire de mon
colonel.

———

Savez-vous bien, monsieur Polycarpe,
que vos contes ne sont pas de ces plus
gais ? Votre commencement promettait;
mais la suite n'est pas de même. — Que
veux-tu, Marguerite ? je n'ai pas promis
que tous mes récits feraient rire ; pourvu
qu'ils intéressent, voilà tout ce que je
demande. — Vous conviendrez, au
moins, que cette dernière aventure n'est
guère croyable. — Je ne prie pas qu'on
y croie, je te le répète, pourvu que j'a-
muse mes Lectrices, voilà tout ce que je

désire. — Je ne disconviens pas qu'elle
ne soit intéressante ; mais cependant...—
Cependant, file et tais-toi ; quand ce sera à ton tour à parler, je ne t'interrom-
prai pas. Ainsi laisse-moi achever mon
récit. — Je suis muette.

Mon colonel, ainsi que notre petite
troupe, nous rejoignîmes l'armée ; nous
reprîmes nos rangs. Je désirais vivement
qu'il y eût quelque action un peu chau-
de ; afin de pouvoir terminer des jours
que je détestais.

Mon colonel cherchait à faire rentrer
dans mon âme le calme et la raison ; mais
je ne pouvais l'écouter. Je me précipitai
au milieu des dangers, et partout la mort
que je désirais semblait fuir devant moi.

Une suspension d'armes eut lieu ; Desaix fut envoyé à bord du Tigre, pour
traiter et signer la convention. Il s'était

réservé, par un article particulier, d'avoir
un sauf-conduit pour passer en France;
mais l'amiral Keith, contre la foi des traités, déclara que Desaix était son prisonnier; il fit dégréer le bâtiment que mon-
tait ce général. Joignant l'injure aux mauvais traitemens, il envoie Desaix, ainsi
que son équipage, au Lazaret, et lui fait
proposer vingt sous par jour, à lui et à
chacun des soldats français prisonniers,
en ajoutant, avec ironie, que l'égalité
régnant en France, il ne devait pas être
mieux traité qu'eux.

Je ne vous demande rien, lui répondit Desaix, que de me délivrer de votre
présence : faites seulement donner de la
paille aux blessés qui sont avec moi. J'ai
traité avec les Mameloucks, continua le
prisonnier, indigné d'une pareille lâche-
té, j'ai traité avec les Turcs, les Naplou-

siens, les Arabes du grand désert, les
Éthiopiens, les noirs du Darfour; tous
respectaient la parole qu'ils avaient don-
née, et n'insultaient point aux hommes
dans le malheur.

Cette sublime réponse n'opéra rien
sur l'âme corrompue de Keith; il n'en
parut que plus irrité, et traita sans mé-
nagement ce brave et malheureux général, jusqu'au moment où une autorité
supérieure, força cet indigne amiral à
rendre la liberté à son illustre prisonnier.

Kléber venait d'être assassiné, l'armée, commandée par les généraux Me-
nou et Friant, avait été obligée de se
retirer dans Alexandrie, et soutenait le
siége que les Turcs et les Anglais
avaient mis devant cette ville. Nous
faisions souvent quelques sorties; mais

la plupart du temps nous étions forcés
de rester inactifs.

Chaque jour mon colonel s'attachait
de plus en plus à moi, et moi-même je
sentais pour lui l'amour et la vénération
d'un fils. Il était parvenu, sinon à me
faire oublier Zélide, du moins à adoucir
l'amertume de mes regrets. Dans un de
ces momens où les Turcs nous laissaient
en repos, je le priai de me raconter
l'histoire de sa vie; mon bon colonel y
consentit, et commença en ces termes.

HISTOIRE DU COLONEL.

Tu veux, mon ami, que je te ra-
conte mes aventures: elles sont loin
d'être gaies; mais tu dois connaître celui qui veut être ton père et surtout
ton ami.

Je descends d'une famille noble ; j'avais un frère de quelques années plus âgé que moi. Etant l'aîné, tous les soins, toutes les attentions se réunissaient sur lui ; il devait illustrer la famille. C'était sur lui que reposait l'honneur de transmettre le nom de nos aïeux ; il fallait donc lui en donner les moyens, et mon père ne crut pas que toute sa fortune fût de trop pour exécuter ce projet ; il résolut donc de me faire embrasser la prêtrise, sans consulter mon goût, ni savoir si je ferais un bon ou un mauvais prêtre ; peu lui importait ma vocation, pourvu que je ne partageasse point avec mon frère, les biens de notre famille.

Je n'eus point, pour ainsi dire, le bonheur de connaître mes parens. Ma mère venait quelquefois me voir en nourrice ; mais c'était toujours en cachette de mon père. Chaque fois elle pleurait sur mon sort, à ce que m'a rapporté ma nourrice. Hélas! je ne me souviens de l'avoir vue qu'au moment où l'on me mit au collège.

Je restai chez ma nourrice jusqu'à l'âge de sept ans; on m'envoyait à l'école du village par l'ordre de mon père. A cet âge, on me retira de chez cette bonne femme, devant entrer dans un collége.

Ce fut la seule fois que je me vis dans la maison paternelle. Mon père ne me dit pas un seul mot, mon frère me tourna en ridicule; ma bonne mère profita d'un moment où elle était seule avec moi, pour me couvrir de ses baisers et de ses larmes.

Le lendemain, je fus conduit au collége à Paris. Je ne te ferai point le détail de mes travaux et de mes jeux ; seulement je te dirai qu'une liaison que je fis avec un jeune homme, né en Allemagne, dont les parens étaient riches, décida de ma vocation. Il devait prendre le parti des armes, et moi l'on m'avait annoncé que sous un an j'entrerais au séminaire. Une répugnance invincible remplissait mon âme, j'éprouvais le désir insurmontable d'être militaire, et je voyais avec douleur que l'on m'en fermait le chemin.

Mon ami, à qui je ne cachais rien de mes pensées, me conseillait de ne point entrer au séminaire. Mais que deviendrai-je, si je refuse? Mes parens ne voudront point me recevoir; mon père, dont je connais la sévérité, me fera enfermer.

Il ne me repondait autre chose, que de prendre patience. J'avais eu l'envie de lui demander de m'emmener avec lui; mais cette manière de répondre à mes plaintes m'ôtait toute espérance de ce côté.

J'étais l'homme le plus malheureux: chaque jour avançait l'instant de mon supplice, et je ne trouvais aucun moyen de m'y soustraire: ma santé en souffrait, je dépérissais, et j'espérais que la mort me délivrerait bientôt de mes peines.

Mon ami vint un jour me trouver, sa figure semblait rayonnante de joie. Mon dieu! lui dis-je, quelle bonne nouvelle as tu reçue, pour avoir l'air si content? Une nouvelle, me répondit-il, qui, si tu le veux, pourra te rendre aussi content que moi. Lis cette lettre, et tu me diras après ce que tu en penses. Je pris l'écrit qu'il me présentait; je reconnus

l'écriture de son père, et j'y lus ce qui
suit :

« La manière dont tu m'as toujours
« parlé de ton ami, mon cher fils, m'a
« donné pour lui la plus vive amitié. Je
« gémis avec toi de voir qu'il doive le
« jour à un père aussi dénaturé, et je
« ferai tout ce qui dépendra de moi
« pour le tirer de cette fâcheuse posi-
« tion, si toutefois cela pouvait lui être
« agréable. Il suffit qu'il te soit aussi
« attaché, qu'il ait eu pour toi tous les
« soins d'un bon frère, dans la cruelle
« maladie qui a manqué te ravir à notre
« tendresse, pour que nous ayons pour
« lui tout l'attachement qu'il mérite.
« Dis-lui que notre maison, comme nos
« cœurs, lui sont ouverts. Je te laisse le
« soin d'arranger son départ, et je con-

« nais assez ta prudence pour me fier
« entièrement à toi. »

Je n'eus pas plus tôt lu cette lettre,
que je me jetai au cou de mon ami, je
l'embrassai avec une joie sincère. Nous
convînmes qu'il sortirait du collége
quelques jours avant moi; qu'il cherche-
rait un domestique qui ait, à peu près,
quelques-uns de mes traits; qu'il aurait
pour lui un passeport, qui, par ma res-
semblance, pourrait me servir; que je
ne sortirais du collége que pour monter
dans la chaise de poste, et partir.

Mon ami sortit donc du collége, et fit
tous les préparatifs pour notre départ.
Lorsque tout fut prêt, il m'en fit prévenir. Nous profitâmes d'un jour de récréa-
tion. Notre maître devait nous mener du
côté de Montmartre; j'en avertis mon
ami : il conduisit sa chaise de poste sur

la route de Saint-Denis; je parvins à m'échapper, et je me trouvai bientôt dans ses bras. Le postillon, bien payé, fit diligence, et nous ôta toute inquiétude d'être rattrappés.

Mon voyage ne m'offrit aucune particularité remarquable. Nous arrivâmes sans accident dans la famille de mon ami; j'y fus reçu comme un de leurs enfans.

Charles, c'est le nom de mon ami, n'avait qu'une sœur, de quelques années plus jeune que lui : je vis avec un vrai plaisir, la tendresse, la confiance, l'union qui régnaient dans cette aimable famille, et j'y trouvai la tranquillité et le bonheur.

Je ne m'inquiétai point de ce que devint ma famille, ni de la peine que dut lui causer ma fuite ; ma mère était

morte : elle seule aurait pu empêcher
l'éxécution de ce projet ; la tendresse
dont elle m'avait donné des preuves,
aurait été pour moi un lien qui m'eût
retenu dans ma patrie.

Mon âme sensible avait besoin d'un
attachement, l'amitié que je ressentais
pour Charles ne suffisait plus à mon
cœur ; je voyais chaque jour son aimable
sœur, et chaque jour je découvrais en
elle mille nouvelles qualités.

Je sentis que mon cœur était plein
de son image, que l'amour le plus violent dominait mon âme. Je cherchai à
détruire une passion qui ne pouvait que
me devenir funeste ; j'évitai l'aimable
Caroline.

Mon caractère redevint triste et mé-
lancolique ; et je pensai que la fuite
seule pouvait me soustraire à l'ingrati-

tude dont je me rendrais coupable envers mes bienfaiteurs. Mon projet fut
bientôt conçu, je pensai à prendre du
service dans les troupes allemandes : le
métier de soldat n'avait rien qui me
répugnât.

Tous mes préparatifs étaient terminés, j'avais écrit à Charles, je lui avais
ouvert mon âme toute entière, cette lettre ne devait lui être envoyée qu'après
mon départ ; mais que devins-je lorsque je vis Caroline entrer dans ma
chambre : elle s'aperçut des apprêts de
ma fuite.

Eh ! quoi, s'écria-t-elle, vous voudriez nous quitter ? Que veulent dire
ces préparatifs ?

Je baissais les yeux, comme un cri-
minel ; ne sachant que lui répondre, je
rougissais, je pâlissais, mon âme était

3.   7

bouleversée, j'étais prêt à me trouver
mal.

Ma position devint encore plus embarrassante, quand cette trop aimable
demoiselle s'approchant de moi, me prit
la main : Répondez-moi, Henri, me dit-
elle, pourquoi voulez-vous partir ? Je
levai mes yeux sur elle, je vis des larmes rouler dans les siens, je vis que mon
secret allait m'échapper.

Je m'arrachai d'auprès d'elle, et je
m'enfuis dans le parc. Là, au fond d'une
allée solitaire, je m'assis sur un banc,
et, la tête dans mes mains, je pleurai
sur mon sort. Je n'en étais pas moins
décidé à fuir.

Une main qui s'empara d'une des
miennes me tira de mes réflexions, je
me vis encore en présence de Caroline.
Toute ma résolution m'abandonna, je

ne vis plus qu'elle. Non, m'écriai-je, non, je ne puis vous fuir! Que dis-je? Je voulus encore combattre; mais Caroline m'arrêtant : Méchant, me dit-elle, ne voyez-vous donc pas que je vous aime, que mon père désire que vous soyez son fils? Je ne pus supporter autant de bonheur. Je m'évanouis.

Quand je revins à moi, toute la famille m'entourait; le père de celle que j'adorais confirma mon bonheur. Je ne voyais plus devant moi qu'un avenir de félicité.

Notre union fut fixée à trois mois; pendant ce temps, je devais aller avec Charles à la capitale de notre résidence, munis des recommandations de notre père, pour un des généraux en chef, favori du Roi.

Avec quel chagrin je quittai mon

amante! mais le désir de me voir dans
l'état militaire, qui avait été de tout
temps ma passion dominante, mettait
un adoucissement à cette cruelle séparation.

Nous fûmes parfaitement reçus par
l'ami du père de Charles. Il lui avait
appris mon nom et mon histoire; celui-
ci nous présenta au Roi, qui voulut bien
nous accorder à chacun une sous-lieute-
nance; nous partîmes pour notre corps.

Je m'appliquai entièrement à mon
nouvel état. Je cherchai à me faire aimer de mes camarades et estimer de mes
chefs: mes efforts furent couronnés par
le succès; une bien plus douce récompense m'attendait; on nous donna un
congé de quelques mois, à Charles et à
moi, afin de conclure mon mariage.

Je ne te peindrai point le plaisir que

je ressentis à revoir ma Caroline; il fut
partagé par elle et sa famille. Tous les
apprêts de notre union étant terminés,
je reçus sa main, et je crus pouvoir
défier l'infortune.

Après être resté quelques mois auprès
de ma jeune épouse, le devoir me rappela
à mon régiment. J'avais changé de nom
en entrant en Allemagne, et je n'étais
connu sous mon véritable que de mon
beau-père, de son fils et du général qui
nous avait protégés.

Plusieurs années s'écoulèrent pour
moi avec la rapidité de l'éclair; la révolution française chassa de ce pays tous
les nobles : ils vinrent s'établir en Allemagne.

Notre régiment fut commandé pour
aller sur les frontières. Mon épouse m'é-
crivait souvent; ses lettres, pleines de

tendresse, respiraient l'amour le plus
pur et le plus ardent: peu à peu elles
devinrent plus rares, plus froides, et
finirent par cesser entièrement.

Je n'avais point voulu, dans le commencement, en parler à mon beau-père;
ce silence m'inquiétait; Charles avait
passé dans un autre corps; je ne recevais
pas non plus de lettres de sa famille;
l'inquiétude me saisit; j'obtins, quoiqu'avec peine, un congé de dix jours,
sur ma parole d'honneur d'être de retour
à cette époque.

Je pris des chevaux de poste, et je
courus jour et nuit. En entrant dans la
ville qu'habitait ma famille, un sombre
pressentiment serrait mon cœur; j'hési-
tais à m'approcher de la demeure de
mon épouse.

J'entrai pourtant; je montai l'escalier,

n'ayant trouvé aucun domestique pour m'annoncer. Mais, en pénétrant dans la chambre de mon beau-père, quel spectacle s'offrit à mes yeux! Cet homme respectable couché sur un lit de douleur, et son épouse fondant en larmes.

Ma vue sembla le ranimer un peu. O mon fils! s'écria-t-il, qu'elle affreuse nouvelle pour ton cœur!

Je me précipitai sur son lit. Que veux dire ceci? m'écriai-je ; où est mon épouse? Tout le monde gardait un profond silence. Ah Dieu! elle n'existe plus! — Plût au Ciel! me répondit sa mère. — Que dites vous? — Tôt ou tard il faut bien que tu apprennes ton malheur et le nôtre, continua la mère de Caroline, ta femme est indigne de toi et de nous. — Expliquez-vous? — Lorsque tu partis pour ton régiment,

il s'établit ici près un jeune émigré
Français avec son père : ils vinrent
nous rendre visite. Le père ayant été
obligé de remplir une mission dont il
était chargé, laissa son fils dans notre
ville. Nous ne pouvions suspecter la
sagesse de notre indigne fille ; enfin nous
découvrîmes toute l'infamie de sa conduite. Mon époux, furieux, provoqua l'é-
migré en duel, succomba sous les coups
du perfide. Ma fille, voyant qu'elle ne
pouvait plus espérer de pardon, suivit
son ravisseur. — Et de quel côté sont-
ils allés ? — Je présume qu'ils ont pris
la route de Hambourg.

Je n'en entendis pas davantage, je
me précipitai vers la rue, je demandai
des chevaux de poste, et sans m'in-
former depuis quand les fugitifs étaient

partis, je courus sur leurs traces, la
rage dans le cœur.

Une seule idée me dominait ; je voulais percer le cœur du perfide qui m'en-
levait mon épouse. J'oubliai et mon
régiment et la promesse que j'avais
faite d'y retourner sous dix jours. Je
voyageai sans m'arrêter ; je ne prenais
que le temps de changer de chevaux.
A peine si je mangeais. Plusieurs in-
dices me prouvèrent que j'étais sur la
trace des fugitifs, et bientôt je n'en eus
plus aucun doute : car un des maîtres
de poste m'apprit qu'ils s'étaient
arrêtés quelques instans chez lui. La
jeune dame pleurait ; son mari cherchait à la consoler. Le portrait que l'on
me fit de la dame, et son nom, qu'on
avait entendu prononcer, me donnèrent

3.   8

la certitude que c'était eux que je
poursuivais. Ils n'avaient que peu d'a-
vance sur moi, et j'espérai les rejoindre
à la première, ou tout au plus à la
seconde poste.

CHAPITRE XXIV.

Suite de l'histoire du colonel. — Retour en
France. — Arrivée à Paris. — Je deviens
maître de guitare d'une jeune personne.

LORSQUE j'arrivai à la poste suivante,
continua le colonel, ils étaient dejà partis ; il n'y avait aucun doute que je ne
les rattrapassent la première fois qu'ils
changeraient de chevaux. J'étais fatigué
horriblement ; mais la colère, la fureur
me soutenaient, je pressai mon cheval ;
mes éperons lui ouvrirent les flancs ; j'arrivai enfin. Je vis dans la cour une chaise de
poste ; je demandai au postillon, qui vint

prendre mon cheval, quels étaient les voyageurs à qui appartenait cette voiture. A un émigré Français et sa femme, me répondit-il. — Sont-ils ici ? — Oui, Monsieur. On leur a donné une chambre, la dame étant très-fatiguée. Ils sont-là, au rez-de-chaussée. En me disant ces mots, le postillon me montra les croisées de la chambre où s'était retirée mon infidèle.

Je courus aussitôt vers cet endroit ; j'ouvris la porte ; une voix trop connue de mon cœur, me demanda : Est-ce vous, Edouard ? J'aperçus alors une femme couchée sur un lit, et je reconnus Caroline.

Non, perfide, m'écriai-je, non, c'est ton époux outragé qui vient te punir! Elle jeta un cri terrible ; son amant entra. Scélérat, m'écriai-je, c'est sur toi

que je vais venger mon honneur outragé! Tu as déjà trempé tes mains dans
le sang de son père ; viens t'assouvir
encore de celui de son époux ; qu'elle
puisse emporter avec elle la malédiction
de ceux qu'elle a assassinés , et que leur
sang retombe sur sa tête criminelle.

Malgré les cris de la perfide , j'en-
traînai mon ennemi avec moi vers un
bois qui était près de la maison de poste.
Là, lui jetant un pistolet : Tire , lui dis-
je ; il me faut ta vie, ou que tu aies la
mienne. Sans me répondre , il m'ajusta.
Sa balle passa à côté de moi. Mon coup
lui fut plus funeste, il lui perça le sein.

A peine fut-il tombé, que les gens de
la poste accoururent pour nous séparer ;
ma femme les avait instruits de notre
projet, et leur avait avoué que j'étais
son époux offensé.

Ils relevèrent le corps du malheureux qui respirait encore. Je retournai
à la maison, et demandai un cheval,
voulant repartir aussitôt; mais le blessé
me fit supplier de lui accorder un moment d'entretien.

Le médecin du village, que l'on avait
envoyé chercher, ayant déclaré qu'il
n'avait que peu d'instans à vivre, il
désirait, avant de mourir, obtenir toute
mon indulgence pour la malheureuse
femme qu'il avait pervertie.

Je me rendis à sa demande, quoiqu'il
en coûtât à mon cœur. A peine si l'on
pouvait l'entendre. Etendu sur le lit
où j'avais revu cette femme que je ne
pouvais m'empêcher d'aimer encore,
malgré son crime, il me présenta une
lettre qu'il venait de dicter, et qu'il me
suppliait de faire rendre à son père.

Vous y verrez, me dit-il,, tous les moyens que j'ai employés pour tromper votre épouse infortunée : elle ne m'a jamais aimé, j'en atteste le Ciel devant qui je vais paraître.

En prenant cet écrit, je jetai les yeux sur l'adresse : mes cheveux se dressèrent d'horreur, j'y lus le nom de mon père.

Malheureux ! m'écriai-je, c'est à ton père que cette lettre est adressée ? — Oui, me répondit-il. — O ciel ! je suis un fratricide ! j'ai tué mon frère ! A mon exclamation, le blessé poussa un cri terrible ! Mon frère ! et il expira en disant ces paroles.

Ma tête s'égara ; je sortis comme un furieux de la maison de poste. Un cheval était attaché à la porte, je le montai et je courus, sans m'arrêter, sans savoir quel chemin je prenais. Je ne me reconnus que par une secousse violente, qui me rendit ma raison et la connaissance de mes maux. Mon cheval épuisé par la fatigue de la course, était tombé roide mort, et je me trouvais au milieu des avant-postes français.

Je fus arrêté et conduit devant le général. Il m'interrogea : je lui confiai ma triste aventure, sans lui dire que j'étais Français. Il eut pitié de mon sort ; il m'offrit du service. J'avais toujours répugné à combattre contre mon pays : j'acceptai cette offre ; il me donna un grade dans un régiment de mon arme.

Je ne craignais point la mort ; je la cherchais au contraire, et mon courage, ou plutôt ma témérité, me valut des grades que j'étais loin de désirer. Je me vis avec plaisir employé dans l'expédition d'Égypte : les chagrins, les peines,

ont blanchi mes cheveux, m'ont vieilli
plus que les années. Hélas! je regrette
toujours celle que j'ai tant aimée, et
dont je n'ai jamais eu aucunes nouvelles, non plus que de sa famille.

Toi seul, mon fils, tu m'as fait connaître encore quelques instans de bonheur; ton attachement pour moi a rendu
à mon âme un peu de son ancienne éner-
gie. La perte que nous avons faite de
l'infortunée Zélide, a rouvert toutes
mes blessures, et jamais, je le crois,
le temps ne parviendra à les fermer.

Le colonel ayant ainsi terminé le récit
de ses aventures, je pris une part bien
sincère à tous ses malheurs; et souvent
nous pleurions sur son infidèle épouse et
sur l'infortunée Zélide.

Le siége continuait toujours; mais les
maladies, le scorbut, la famine, faisaient

périr tous les Français. Nos généraux,
pour sauver la vie au reste de notre armée, prirent la résolution de capituler;
et le 22 fructidor an 9, nous repassâmes
en France. Nous débarquâmes à Toulon. Nous fûmes obligés de faire la quarantaine. Ensuite nous nous rendîmes à
Paris, pour nous remettre un peu des
fatigues que nous avions éprouvées.

Nous demeurâmes dans le même hôtel
garni, mon colonel et moi; mais nous y
occupions chacun une chambre séparée.
il m'avait présenté dans quelques socié-
tés qu'il avait faites, lorsqu'il y était venu avec son régiment. Je m'informai de
ma cousine; j'appris qu'elle n'existait
plus, et que son amant avait subi aussi
la loi commune.

Ne sachant à quoi passer la plus grande partie de mes matinées, je m'étais

abonné à un cabinet de lecture. La maîtresse de la maison, demoiselle sur le
retour, était honnêtement laide ; mais
pétillante d'esprit. Autant on n'aimait
point à la regarder, autant on se plaisait
à l'entendre.

Nous fîmes bientôt plus ample connaissance, et nous nous liâmes d'amitié,
en tout bien tout honneur s'entend.
Plusieurs choses m'attiraient dans cette
maison : d'abord, l'esprit de la maîtresse,
et ensuite deux ou trois jeunes personnes
qui s'y rendaient assez souvent, pour
voir une jeune nièce de la dame.

Quoique cette nièce ne fût encore
qu'une enfant de douze à treize ans, ses
amies, et surtout une, nommée Annette,
qui pouvait bien être dans sa seizième
année, me parurent d'un âge assez

raisonnable pour que l'on pût leur faire
la cour.

J'ai dans la figure un certain air de
bonhomie qui inspire la confiance; j'en
profitai, comme vous pouvez bien le
penser. Je désirais faire connaître à Annette mon amour; mais cela n'était pas
fort aisé. La maîtresse de la maison avait
des yeux d'argus, et des oreilles à entendre le moindre mot. Elle se doutait
de mon dessein, et aurait probablement
cherché à l'empêcher.

J'avais, malgré cela, glissé à la jeune
demoiselle de petits mots galans : ce
n'était que rarement. Je désespérais de
réussir, lorsqu'une circonstance vint servir mon projet. Un jour Annette arriva
de bonne heure chez la dame; je me
trouvais seul dans la boutique; la maîtresse de la maison était montée dans sa

chambre, et m'avais prié de rester un peu dans son magasin.

Annette me parut chagrine. Je lui demandai aussitôt ce qu'elle avait. Je suis extrêmement contrariée d'une chose qui vient de m'arriver, me répondit-elle. — Sans indiscrétion, peut-on vous demander ce que c'est ? — Oh ! mon dieu oui. Maman m'avait donné un maître de musique, et il est mort. — Il faut en avoir un autre. — C'est bien aisé à dire ; mais comme celui-là prenait très-bon marché, il sera difficile d'en trouver un pareil. — Et quel était l'instrument qu'il vous montrait ? — La guitare.

En jouant moi-même assez passablement, je profitai bien vite de cette occasion, et j'offris mes services. Mademoiselle, lui dis-je, je connais une personne qui vous montrera la musique aussi bien

que le maître que vous avez perdu, et
qui vous prendra encore meilleur marché. — Ah! cela est impossible, à moins
qu'il ne prenne rien. — Justement. — Et
quel est-il ce maître si généreux? — Moi.
— Vous? — Oui, Mademoiselle, et je
vous assure que le plaisir de vous montrer me payera bien au centuple de la
peine que je pourrai prendre. — Ecoutez; je ne puis vous faire de réponse;
j'en parlerai à maman, et je ne doute pas
qu'elle n'accepte.

Annette me recommanda de ne rien
dire de notre convention à mademoiselle
Sophie; c'était la maîtresse de la maison.
Je n'avais garde; car j'allais en prier
cette jeune personne, lorsqu'elle m'en
parla la première.

Mademoiselle Sophie étant descen-
due, la conversation changea; Annette

prit des livres, et sortit en disant qu'elle
reviendrait le lendemain à midi voir la
nièce, qui était allée faire une visite. Un
coup d'œil qu'elle me jeta en disant ces
mots, me fit voir que c'était pour moi
que l'on reviendrait.

Un espoir presque certain flattait mon
imagination; je ne pourrais dire mon
cœur; car les chagrins avaient usé en
moi les véritables sentimens de l'amour.

Je revins le lendemain à l'heure dite;
je trouvai Annette déjà arrivée. Mademoiselle Sophie ne quittait pas. J'étais
sur les épines; car Annette n'avait seulement pas l'air d'avoir à me parler.

Au bout d'un instant, elle dit qu'il fallait qu'elle allât rendre visite à une dame
qui demeurait de l'autre côté des Tuileries; nous étions dans le faubourg St.-
Germain, Un coup-d'œil, que me jeta la

demoiselle, me fit comprendre que c'était un rendez-vous qu'elle me donnait. Elle était précoce pour son âge ; mais je n'y regardai pas de si près. Elle était jeune, jolie, fraîche comme un bouton de rose, Il n'y avait pas de quoi faire le difficile.

Je partis donc avant elle, et j'allai l'attendre à la grille du jardin. Je n'y fus pas long-temps sans la voir paraître ; elle vint à moi en souriant : ne m'en voulez-vous pas, me dit-elle, de ne pas vous avoir parlé devant mademoiselle Sophie ; mais elle aurait trouvé extraordinaire que nous eussions concerté cette affaire sans l'en prévenir, et elle nous en voudrait.

Eh bien, demandai-je, votre mère consent-elle à ce que je devienne votre maître ? — Oui, certainement, me répondit Annette, elle ne demande pas mieux.

Un maître qui ne coûte rien est une
chose si rare, que l'on ne doit pas laisser échapper une pareille occasion. Et
vous, lui dis-je, cela vous est-il agréable ? — Si je n'en étais pas satisfaite, en
aurais-je fait la demande? Vous vien-
drez ce soir à sept heures, continua-t-elle,
nous vous attendrons. Je promis d'être
exact. Je conduisis ma demoiselle jusqu'à la maison dans laquelle elle allait
rendre visite, et nous nous séparâmes.

Je m'en retournai chez moi, le cœur
rempli des plus douces espérances ; je
ne parlai point à mon colonel de cet
petite aventure ; nous avions pour règle
de conduite de ne point nous gêner mutuellement.

Je n'eus garde d'oublier l'heure du
rendez-vous ; je m'acheminai vers la
demeure de ma belle ; j'étais impatient

3. 9

de connaître la mère d'Annette. Il me semblait assez extraordinaire qu'une femme, un peu raisonnable, reçût chez elle un jeune homme qu'elle ne connaissait pas, et seulement sur la parole de sa fille.

Je ne poussai pas plus loin mes réflexions ; peu m'importait ce qu'était la famille, pour ce que je désirais de la demoiselle.

J'arrivai donc à la demeure de mon infante ; la maison me parut d'une apparence honnête ; leur appartement était au second. Je sonnai, une domestique vint m'ouvrir, et me fit entrer dans une salle à manger qui annonçait une certaine aisance. Annette y était, elle vint au-devant de moi, avec un sourire charmant, m'invita à entrer dans le salon, où sa mère m'attendait.

Je suivis mon introductrice. Je trouvai dans un appartement, meublée avec
élégance, une dame d'une quarantaine
d'années, qui me parut encore fraîche.
Elle se leva du canapé où elle était
assise, et vint au-devant de moi.

Ma fille m'a dit que vous aviez eu
la bonté de lui offrir d'être son maître
de musique, me dit la dame, et je vous
en ai pour ma part les plus grandes
obligations. Elle m'offrit alors un siége,
nous causâmes pendant quelques instans.

Elle m'apprit que son mari était en
voyage; elle me fit différentes questions relatives à moi, et auxquelles
je repondis assez brièvement.

Alors elle s'adressa à sa fille; Annette, lui dit-elle, tu vas montrer à

monsieur ton talent. Elle est bien faible,
continua la mère en m'adressant la parole, vous aurez besoin de beaucoup
de patience; je vous assure. J'allais me
confondre en politesse, et la demoiselle
de son côté allait chercher probablement sa musique, lorsque sa mère nous
dit : Vous serez beaucoup mieux dans
la chambre de ma fille, vous aurez plus
de tranquillité, et moins de sujet de
distraction.

J'écoutais, avec un étonnement extrême, cette dame qui allait mettre
deux jeunes gens en tête à tête : ou il
fallait qu'elle fût bien sûre de la sagesse de sa fille, ou qu'il lui fût très-
égal que la demoiselle eût un amant.

Annette, me tira de la réflexion que
m'avaient causé les paroles de sa mère,
en m'invitant à la suivre. Je ne me le fis

pas dire deux fois, et je me rendis avec
mon écolière dans sa chambre.

Je ne sais, cher Lecteur, si vous êtes
comme moi? Jamais je n'entre dans la
chambre d'une jeune fille sans éprouver
une sensation extrêmement agréable :
c'est une espèce de volupté que je ne puis
définir ; un doux frémissement parcourt
toutes mes veines, mon cœur palpite
avec force, et je sens un bonheur que
je ne puis exprimer.

Ma position dans la chambre d'Annette était encore pour moi pleine d'une
plus douce volupté ; je me trouvais seul
avec cette charmante personne ; mes
yeux se portaient sur un petit lit, dont
l'extrême blancheur répandait dans ce
petit asile un air d'innocence et de pudeur ; tout y respirait la fraîcheur et
la délicatesse, je dirai même la co-

quetterie de l'habitante de ce petit sé-
jour enchanté.

Une petite commode d'acajou, simple
et élégante pourtant, supportait un vase
rempli des plus belles fleurs; une petite
table à ouvrage, un métier à broder, un
pupitre sur lequel était un recueil de
romances et une guitare formaient tout
l'ameublement de cette petite cellule.

Annette m'invita à m'asseoir. Je pris
sa guitare. Après l'avoir mise d'accord,
je priai mon écolière de me montrer son
savoir : elle me chanta une romance à
la mode alors. Je trouvai sa voix charmante, son exécution fort agréable;
je lui donnai quelques conseils, et de
crainte de paraître importun, j'abrégeai
ma visite, en promettant, toute fois,
de revenir le surlendemain.

Je fus exact à tenir ma promesse; je

trouvai Annette seule; sa mère était
allée voir une de ses amies. Je profitai
de ce tête à tête pour risquer une décla-
tion : elle ne fut point mal reçue ; Annette baissa les yeux, rougit, et ne me
répondit pas ; j'insistai, je me jetai à
ses genoux, je pris sa main que je cou-
vris de baisers ; un petit mouvement de
cette jolie main me prouva que l'on n'é-
tait point insensible à mes vœux. Je me
relevai, et pressant Annette sur mon
cœur, j'osai prendre, sur ses lèvres de
rose, les plus doux baisers. Elle résista
d'abord à mes caresses ; mais bientôt le
plus doux abandon me prouva qu'elle
partageait mon ivresse.

Profitant de l'absence de la mère,
je fis connaître à l'aimable Annette
toutes les douceurs de l'amour.

Des larmes coulèrent de ses yeux ;

elle me repoussa, en gémissant de sa faiblesse, en me disant que bientôt j'allais cesser de l'aimer. Je lui jurai une fidélité à toute épreuve; car nous autres hommes nous ne sommes pas avares de sermens; et les dames nous le rendent bien. C'est à qui sera le plus fin dans la vie. Il faut se résoudre à tromper ou bien à l'être soi-même, et l'un vaut toujours mieux que l'autre.

Annette se calma bientôt, mes tendres caresses séchèrent ses larmes. Lorsque nous fûmes un peu de sang-froid, je ne pus m'empêcher de lui demander comment il se faisait que sa mère nous laissait seuls en tête à tête, et si elle ne devait pas craindre ce qui nécessairement devait arriver entre deux jeunes gens qui se trouvaient livrés à eux-mêmes.

Ma mère, me répondit Annette, lorsque mon père n'y est pas, profite de sa liberté ; je ne dois point condamner sa conduite, puisque je ne suis pas plus raisonnable qu'elle ; mais je dois te dire qu'elle a un amant ; que voulant m'ôter les moyens de l'empêcher d'aller avec lui et garder avec moi le décorum, elle me donna un maître de musique qui venait tous les soirs pendant deux heures, me donner ses leçons.

Je n'étais pas sa dupe, quoiqu'elle me dît qu'il fallait profiter du bon marché de cet homme ; il est, je crois, très-probable qu'elle lui faisait quelques cadeaux en dessous main, pour qu'il fût aussi assidu.

Tu dois juger, mon ami, continua la demoiselle, que ma mère vit avec peine que la mort m'avait ravi mon maître ; car

3.

elle cherchait les moyens de m'occuper de manière à ce que je ne fusse point sa surveillante. Je t'avouerai que, lorsque je te vis chez Sophie, tu fis tressaillir mon cœur; je désirai vivement pouvoir te plaire. Je savais que tu étais musicien; la mort de mon maître vint seconder mes désirs; et je profitai de cet accident, ne doutant pas que tu ne t'offrisses pour le remplacer. Tout réussit selon mes vœux; ma mère, à qui j'en parlai, ne fit aucune difficulté; elle n'a jamais eu beaucoup de tendresse pour ses enfans, et elle profita de cette occasion avec empressement; sans même me faire aucune question sur toi, elle consentit à ta proposition. Peu lui importe ce qui pourra m'en arriver, pourvu qu'elle puisse être libre de ses actions : voilà tout ce qu'elle veut.

J'allai souvent voir Annette; mais je désirais qu'elle pût venir chez moi; après beaucoup de sollicitations, elle y consentit. J'eus le bonheur de la recevoir dans mon petit appartement.

Je n'ennuierai pas le Lecteur des détails de nos entrevues; qu'il se rappelle quelques-unes de ses aventures galantes; vous, surtout, jeune fille, qui me lisez en cachette de votre maman ou de votre gouvernante : vous voudriez bien que je m'appesantisse sur ces momens si doux qui font battre votre cœur. Demandez à votre cousin, si par hasard vous en avez un, ou bien à quelque jeune et joli garçon qui vous fait les yeux doux : il pourra vous enseigner ce qui nous rendait si heureux Annette et moi.

Ah! monsieur Policarpe! savez-vous

que ce que vous dites n'est pas bien !...
Comment ! vous !... vous allez donner
de semblables conseils à la jeunesse !
Ne devriez-vous pas plutôt chercher à
la préserver de cette funeste passion,
de ce sentiment qui vous a toujours été
fatal.

Je ne conçois pas comment vous,
qui avez toujours été malheureux en
amour, vous puissiez conseiller de s'y
livrer.

Oui, jeunes filles, méfiez-vous de ces
trompeurs. Les hommes sont des monstres : ils cachent, sous des dehors char-
mans, les plus affreux défauts : ils se
font un jeu de perdre l'innocence. La
vertu, l'honneur, la candeur, rien ne
peut les arrêter. Plus ils font de victimes, plus ils sont satisfaits : ils met-

tent toute leur étude à tromper, à faire
croire à leur bonne foi. Ils calculent
froidement les impressions que leurs
paroles, leurs regards, leurs moindres
gestes font sur leurs trop crédules ad-
miratrices; et comme ce serpent des
forêts de l'Amérique, dont le regard
attire les animaux près de lui, afin
qu'il puisse les dévorer, ces hommes
cruels nous enveloppent dans leurs
filets; nous n'avons ni le pouvoir de
les rompre, ni celui de nous en échapper, et les barbares ne nous laissent,
pour prix de notre amour, de notre
confiance, que les remords et le repentir.

Combien de jeunes filles, l'espoir, et
l'honneur de leurs familles, précipitées
dans l'opprobre, dans l'infamie par un
coupable et vil séducteur. Une pre-

mière faute en entraîne une seconde;
et, comme l'a très-bien dit Boileau :

Une chute toujours entraîne une autre chute :
L'honneur est comme une île escarpée et sans bords;
On n'y peut plus rentrer dès qu'on en est dehors.

Dame Marguerite, ayant besoin de
reprendre haleine, se tut pour respirer.
J'étais dans l'étonnement de cette sortie,
et du ton dont elle avait été prononcée.
Je ne vous cacherai pas, cher Lecteur, que ce discours me fit juger que
ma gouvernante avait reçu une bonne
éducation, et surtout d'excellens prin-
cipes. Je lui avouai qu'elle avait raison,
en partie pourtant; que nous aurions
beaucoup plus de femmes vertueuses,
si nous l'étions nous-mêmes davantage;
mais comme il est impossible de ré-
former le monde, il faut souffrir ce
qu'on ne peut empêcher.

CHAPITRE XXV.

Je deviens le confident d'une dame chez laquelle je suis introduit. —Je lui rends un grand service. — Je fais une nouvelle conquête. — Rendez-vous donné.

Quoique ma gouvernante se soit si fort récriée sur mes torts envers ce sexe aimable ; je n'en vais pas moins continuer à vous faire le récit de mes petites aventures.

La chère Annette venait assez souvent me rendre visite, comme je vous l'ai déjà dit, et cela ne m'empêchait pas de rechercher la société.

Un jour un jeune homme, avec le-

quel je m'étais lié depuis quelque temps,
me demanda si je voulais venir avec lui
à un bal que donnait un de ses amis,
qui était un assez bon peintre. J'acceptai, ne doutant pas que cette réunion
ne fût extrêmement agréable : les artistes ayant toujours eu la réputation
d'être fort aimables, et surtout très-
gais.

Nous nous rendîmes donc le soir chez
celui qui donnait cette fête. Nous y
trouvâmes une réunion charmante; les
femmes jeunes et jolies, étaient sans
cette prétention, qui leur ôte tout le
charme qu'ordinairement elles répan-
dent autour d'elles.

Mon ami me présenta au maître,
ainsi qu'à la maîtresse de la maison;
cette dernière me fit le plus gracieux
accueil.

Je n'étais pas un très-bon danseur ;
aussi trouvai-je plus agréable de causer.
La maîtresse de la maison me tint compagnie. Elle était très-spirituelle. Nous
parlâmes sur différens sujets et presque
toujours notre manière de penser était
la même.

Mon introducteur venait souvent auprès de la dame, et je voyais que lorsqu'il arrivait, elle le recevait avec un
sourire aimable ; mais qu'aussitôt qu'il
avait le dos tourné, les sourcils de la
dame se fronçaient, qu'un air de chagrin
et de colère prenait la place du sourire.

Je pensai qu'il y avait probablement de la jalousie entre la dame et le
jeune homme, et je me promis bien d'y
faire attention.

Au bout d'un instant, mon ami m'engagea à danser, il vint même m'offrir

la main d'une jeune et jolie personne.
J'étais trop galant pour refuser, et j'acceptai. Il me parut que ce fut au grand
mécontentement de la maîtresse de la
maison ; car autant que j'en pus juger
en examinant cette dame et mon ami,
ils se faisaient mutuellement des reproches.

Je m'occupai de ma danseuse ; elle
était petite, très-mignonne ; une figure
rusée, maligne ; des yeux extrêmement
vifs et pétillans ; elle me sembla avoir
de dix-huit à vingt ans ; je lui dis
des douceurs, elle y répondit avec
gaîté, me fit des reproches de mon
peu de galanterie, puisque je restais
tranquille et que les dames étaient obli-
gées de venir m'inviter. Je demandai
mille fois pardon de n'avoir point été
moi-même au-devant de ses désirs.

Je veux bien vous l'accorder, me répondit-elle, mais sous la condition que vous danserez encore. L'invitation était trop agréable pour que je refusasse, et je l'assurai que, pourvu que ce fût avec elle, je danserois toute la soirée.

Je le voudrais bien, répondit-elle, mais cela serait remarqué, et il faut éviter de faire parler le public : les langues sont si méchantes, qu'il faut prendre garde à ses actions. Si nous ne dansons pas toute la soirée ensemble, nous pouvons au moins figurer aux mêmes contredanses.

La nôtre étant finie, je reconduisis la demoiselle à sa place. Je savais qu'elle était une amie intime de la maîtresse de la maison ; elle m'avait appris encore qu'elle y était en pension, et qu'elle apprenait la peinture. Je me promis bien de cultiver cette société, qui ne me préparait que beaucoup d'agrément.

Je dansai encore avec ma première partenaire. Isabelle m'engagea à venir les voir souvent. Je m'aperçus que cette demoiselle ne serait pas extrêmement farouche : je pensai que je pourrais profiter de sa bonne volonté en ma faveur.

Mon ami avait été presque toute la soirée auprès de la maîtresse de la maison. Le mari, très-gai de caractère, s'occupait fort peu de sa femme, qui ne s'inquiétait pas beaucoup non plus de ce qu'il faisait.

Mon ami ayant quitté sa chaise, un signe de la dame, qui m'invita à venir auprès d'elle, me fit prendre la place qu'il laissait libre. J'avais remarqué que cette personne éprouvait une

espèce de mélancolie ; elle n'avait dansé
que très-peu, et seulement avec celui
que je présumais être son amant.

Lorsque je fus assis : Eh bien, Monsieur, me dit la dame, vous amusez-
vous ? Mais, lui répondis-je, il serait
impossible de s'ennuyer dans une aussi
aimable réunion : vous seule semblez
n'y être pas heureuse ? — Hélas ! me
dit-elle en soupirant, il est quelquefois cruel d'être forcé de se trouver à
des fêtes, et d'en donner même, lorsque
l'on a des chagrins qu'il faut renfermer
au-dedans de soi.—Quels chagrins pou-
vez-vous avoir ? Vous êtes jeune, aimable, jolie ; votre mari, quoiqu'âgé, a
l'air gai, bon enfant. — Je n'ai point à
me plaindre de ce côté ni de celui de la
fortune ; mais.... Tenez, Monsieur,

continua la dame, votre air, votre manière de parler, tout m'a prévenue en
votre faveur; vous pouvez me rendre un
grand service, d'où dépend ma tranquillité à venir.—Ah! parlez, Madame, répondis-je aussitôt, croyez que ce sera
pour moi un vrai plaisir que de me
donner les moyens de vous être utile.
— Je ne puis aujourd'hui vous dire ce
dont il s'agit; mais si vous pouviez dis-
poser d'un moment demain soir, mon
mari, ainsi qu'Isabelle, doivent aller au
spectacle; je serai seule, je vous con-
fierai mes peines, et ce que j'attends de
vous.

J'assurai la dame de mon exactitude.
Le bal étant terminé, je dis adieu à Isabelle, qui me fit promettre de venir les
revoir. Je saluai la maîtresse de la mai-

son, qui me recommanda tout bas de ne
pas oublier.

Je rentrai chez moi, mon ami le colonel m'y attendait. Je lui contai mes
aventures de la soirée; il me conseilla de
ne pas me livrer à ces deux femmes. Je
lui promis d'avoir soin de ne pas être
leur dupe.

Le lendemain soir, je me rendis chez
madame Dartel (c'est le nom du peintre), je la trouvai seule, comme elle me
l'avait promis. Après avoir parlé de la
pluie et du beau temps; vous m'avez
invité, Madame, lui dis-je, pour me
prier de vous rendre un service. Veuillez donc me dire ce qu'il faut que je fasse.
— Je ne sais comment vous remercier,
Monsieur, de votre bonne volonté, me
répondit la dame, ni comment commen-
cer à vous instruire de ce que je désire;

j'aurai besoin de toute votre indulgence.

Ayant assuré la dame que je lui prê-
tais la plus grande attention, elle commença ainsi :

HISTOIRE DE Mme DARTEL.

Je suis une enfant de l'amour ; ma naissance ne fut point accompagnée de la
joie de mes parens ; car je fus envoyée
dans cet asile que l'humanité et la pitié
de saint Vincent de Paul établit pour
recevoir les êtres infortunés abandonnés
par des parens barbares, ou par des mè-
res honteuses de la faute qu'elles avaient
commise.

La sage-femme qui m'y porta, laissa
avec les langes dont j'étais entourée, une
petite bague qui avait appartenue à ma
mère, et un portrait de femme qui repré-

sentait celle qui m'avait donné le jour.
Ces objets devaient servir à me récla-
mer lorsqu'elle en aurait la possibilité :
mais aucun nom, ni aucun autre indice
qui pût la faire découvrir, ne fut laissé
aux administrateurs de la maison.

Lorsque j'eus atteint ma huitième année, la sœur chargée de nous surveiller
ayant remarqué ma douceur, la figure
intéressante que j'avais, me prit en amitié. Cette femme avait reçu une brillante
éducation ; elle me rendit l'objet de tous
ses soins, et mit son plaisir à me donner
tous les talens qu'elle possédait.

Mes progrès furent rapides, et la
payèrent de ses soins. Je cultivai avec
succès la musique, ainsi que la peinture.
Je ne négligeai point, malgré cela, les
ouvrages de mon sexe. Enfin, la bonne
sœur s'admirait dans son ouvrage, et

s'enorgueillissait de mes talens. Ses
soins, ses leçons n'a... t pu me corri-
ger d'une extrême sensibilité, et mon
âme éprouvait continuellement le besoin
d'être aimée.

J'avais atteint ma dix-septième année, lorsqu'un ami de l'administrateur
en chef vint visiter notre maison. Il me
vit ; on lui parla de mes talens ; il fallut
que je lui montrasse mon savoir. Il en
parut enchanté, et le lendemain, ma
bonne protectrice m'apprit que ce monsieur, que j'avais vu la veille et qui était
un peintre renommé, était tellement enchanté de moi, qu'il m'offrait son cœur
et sa main.

Cet homme n'était plus de la première
jeunesse. Je sentais bien que ce n'était
pas celui qui aurait pu me rendre heureuse ; mais dans ma triste position c'é-

tait un coup de fortune. Et d'après les conseils de celle qui m'avait servi de mère, j'acceptai.

Monsieur Dartel, au comble de ses vœux, vint me voir tous les jours, jusqu'à celui de notre union, qui eut lieu sans aucune de ces fêtes que l'on donne ordinairement, et qui eussent été désagréable pour moi à cause de ma naissance.

Je fus donc mise à la tête de sa maison; je n'avais pas à me plaindre de mon sort; mon mari avait pour moi les plus aimables attentions. J'aurais pu me trouver heureuse, si je ne m'étais pas aperçue qu'il les partageait, et que je ne régnais pas seule sur son cœur; le mien en fut affligé.

Il venait quelquefois, à la maison un neveu de mon mari, jeune militaire,

extrêmement aimable. Je passai ordinairement mes soirées seule, mon époux
étant ou au café ou chez ses connaissances.

Mon neveu vint plusieurs fois me
tenir compagnie. Que vous dirai-je ?
L'occasion, le tête-à-tête, notre jeunesse, mon peu d'usage du monde, mon
extrême sensibilité, tout nous ferma les
yeux sur la faute que nous commet-
tions ; je n'en eus même aucun remords.
Heureuse de l'amour que ce jeune
homme me portait, je me félicitais de
mon sort. Il ne dura pas long-temps ;
mon neveu fut obligé de partir subitement. J'étais alors pour une huitaine
de jours à la campagne, je n'appris ce
départ qu'à mon retour, j'en fus excessivement affligée. Il m'avait écrit en me
faisant les plus touchans adieux, et avait

chargé un de ses amis de me remettre
toutes ses lettres. Il est de mon devoir,
m'écrivait-il, de ne point compromettre la femme que j'aime, et qui eut
pour moi tant de bontés.

Je demandai alors à cet ami de me
remettre ce que mon neveu lui avait
confié pour moi; mais cet homme indigne, eut l'audace et l'infamie de me
tenir ce discours.

Madame, me dit-il, j'ai en ma possession, comme vous le savez, vos lettres
à mon ami; tant qu'il a été ici je me
suis bien gardé de chercher à vous faire
la cour. Actuellement qu'il est parti, et
probablement pour long-temps, j'espère
que vous voudrez bien m'accepter pour
son remplaçant. Autant moi qu'un autre.

Ce langage, auquel j'étais loin de m'attendre, m'avait jeté dans une telle stu-

péfaction, que je ne pouvais trouver une expression pour répondre à cet homme.

Lorsque prenant probablement mon silence pour un consentement tacite que j'acquiesçais à ses désirs, il me prit dans ses bras, et voulut me faire des caresses; je le repoussai avec toute l'horreur qu'il m'inspirait. Dans l'indignation que me causait cette conduite infâme, je l'accablai des reproches les plus violens; mais lui, avec le plus grand sang froid, continua ainsi:

Tout ce que vous me dites est fort inutile. J'ai vos lettres: décidez-vous. Si demain vous êtes encore dans les mêmes dispositions, ne trouvez pas étonnant que je les fasse remettre à votre mari; alors, vous ne pourrez vous en prendre qu'à vous de ce qui vous en arrivera. En disant ces mots, il me quitta.

J'étais bien éloignée d'aimer cet homme ; je ne l'aurais jamais choisi pour amant ; jugez l'impression qu'il avait dû me faire par cette manière infâme de me soumettre à ses volontés : je n'avais pas d'autre parti à prendre ; il fallait ou consentir, ou me voir rejetée par mon époux, être perdue ou déshonorée.

Il revint le lendemain, je fus obligée de recevoir ses caresses qui ne m'inspirèrent que le plus profond dégoût ; mais loin de me rendre mes lettres, il les a toujours conservées, ne doutant point qu'une fois qu'elles seraient en mon pouvoir, je ne cessasse tout commerce avec lui.

Lorsque madame Dartel eut terminé son récit, je lui marquai toute l'horreur

que la conduite de cet homme m'inspirait, et lui demandai en quoi je pouvais lui être utile.

Cet homme, digne de tous les mépris, est votre ami, continua madame
Dartel. — Mon ami ! m'écriai-je. —
Oui, Monsieur, c'est lui qui vous a introduit chez moi. Il aura probablement
eu l'indiscrétion de se vanter à vous que
j'étais sa conquête. — Non, Madame,
il ne m'a parlé de vous que comme
d'une amie. — Je ne l'en aurais pas cru
capable ; mais, Monsieur, puisque vous
voulez bien me promettre vos bons offi-
ces ; je vais vous apprendre ce que je
désire de votre complaisance. Votre
air distingué, votre bon ton, tout m'a
fait espérer que je remettais mon sort
en des mains qui n'en pouvaient être
plus dignes, et je vous prierai d'avance

de croire à toute la sincérité de ma reconnaissance.

Après ce préambule, madame Dartel continua ainsi : Vous n'aurez pu entendre sans indignation les circonstances affreuses que je viens de vous rapporter ; vous êtes militaire, et quoique souvent vous vous fassiez un jeu de nous tromper, votre honneur répugnerait à employer de pareils moyens. J'ose donc compter entièrement sur vous. Vous êtes lié avec cet homme abominable ; ne pourriez-vous pas tâcher de lui retirer mes lettres ? Il ne se défiera point de vous ; je sais qu'elles sont dans son secrétaire, dans le tiroir du haut, qu'elles sont encore dans le même état que lorsque mon neveu les lui a remises ; mon adresse est dessus le paquet ; ainsi, il vous sera facile de les reconnaître. Je

3.   12

puis vous donner tous ces renseignemens, parce que le monstre a eu l'in-
dignité de me forcer à venir chez lui,
et qu'il m'a montré les lettres qu'il avait
en sa puissance. Je remets donc mon
sort entre vos mains ; je ne voudrais
pourtant pas que vous vous en char-
geassiez, si cela pouvait vous compromettre je ne me le pardonnerais jamais ; je saurais supporter mon malheur, mais je ne pourrais voir, sans un
véritable désespoir, que j'eusse pu en
attirer sur une personne assez bonne
pour me rendre un pareil service. Pro-
mettez-moi donc, que vous n'emploirez
que l'adresse et la ruse pour vous emparer de ce dépôt.

Je lui promis tout ce qu'elle voulut,
et je me retirai, bien embarrassé de ce
que je devais faire. Il n'y avait vérita-

blement pas d'autres moyens que celui
de lui enlever ces lettres, sans qu'il s'en
aperçût. Le provoquer n'aurait servi à
rien : il aurait pu, pour se venger, faire
connaître au mari les torts de sa femme.
Je me décidai à le fréquenter un peu
plus souvent ; il ne me fut pas difficile
de me lier avec lui, je lui donnai plusieurs fois à déjeûner, c'était le vrai
moyen de faire une connaissance par-
faite. J'allai assez souvent chez lui ;
mais je ne trouvais aucune occasion
pour exécuter mon projet.

Enfin, un jour qu'il m'avait invité,
voulant me rendre les honnêtetés que je
lui faisais ; dans la chaleur de la conversation, il me parla de ses bonnes fortu-
nes ; il ouvrit son secrétaire et me montra plusieurs lettres de ses conquêtes.
Je jetai un coup d'œil dans le tiroir,

j'aperçus le paquet dont madame Dartel m'avait fait la description ; il remit
ses billets à leur place, et laissa son secrétaire ouvert. Je désirais bien qu'il
s'absentât un moment.

Par le plus grand hasard du monde,
le portier vint lui dire que quelqu'un le
demandait en bas. Mon jeune homme
suivit aussitôt celui qui venait de lui
annoncer cette visite, en me priant de
l'excuser, qu'il allait remonter de suite.

A peine eut-il fermé sa porte, que je
ne perdis point de temps ; j'ouvris le
tiroir, je pris la correspondance si dé-
sirée ; je mis ces lettres dans ma poche,
et ayant repris ma place, j'attendis mon
jeune homme de pied ferme : il rentra,
donnant la main à une jolie demoiselle,
qu'il me présenta comme sa cousine : je
ne fus point la dupe de la parentée; mais

j'eus l'air d'y croire. Notre déjeûner étant terminé, je prétextai des affaires, et je me retirai en laissant le cousin et la cousine en tête-à-tête.

Je pris le chemin de la demeure de madame Dartel, ne voulant pas la lais-ser plus long-temps dans l'attente de la réussite du service qu'elle m'avait de-mandé. Je trouvai la vive Isabelle, qui fit une grande exclamation en me voyant.

Comment, vous voilà! s'écria-t-elle; il y a un siècle qu'on ne vous a vu. Un coup d'œil que je jetai à la maîtresse de la maison, lui apprit que j'avais en ma possession le bienheureux paquet; mais comment le lui donner! Femme qui désire quelque chose n'est jamais embarrassée sur les moyens d'exécution. Elle m'enga-gea à dîner, dit à Isabelle qu'elle devrait bien aller prier une de ses amies de venir

aussi ; que nous nous amuserions. La
jeune demoiselle ne demanda pas mieux,
et me fit promettre de ne point sortir.

Aussitôt que je fus seul avec madame
Dartel, je lui remis ses lettres. Elle
décacheta le paquet ; après s'être assurée
qu'elles y étaient toutes, elle les livra
aux flammes : elle me remercia du service que je venais de lui rendre. Mon
ami, me dit-elle, je dois vous donner
ce titre par ce que vous venez de faire
pour moi ; croyez que j'en garderai toute
ma vie une véritable reconnaissance.
Mon parti est pris ; jamais je ne me mettrai dans la position cruelle dont vous
venez de me sortir ; je sens actuellement
tout le prix d'une bonne conscience, et
je ne veux plus chercher des occasions
de compromettre mon bonheur, en
trompant mon époux : c'est acheter trop

cher un moment de plaisir, par les peines de toute la vie.

J'approuvai cette résolution, et je pris pour cette dame tous les sentimens d'estime et d'amitié qu'elle méritait. Je n'eus jamais à me repentir de ce que j'avais fait pour elle; j'acquis même de nouveaux droits à sa reconnaissance: ce dont j'instruirai bientôt mes Lecteurs.

Isabelle ne fut pas longue dans sa course: elle rentra avec son amie. Monsieur Dartel, qui avait pris de l'affection pour moi, fut charmé, en rentrant, de me voir rester à dîner. Il m'engagea à venir tant que je le voudrais manger sans façon leur soupe avec eux; que plus je viendrais, plus je leur ferais de plaisir.

J'étais placé à table entre madame Dartel et Isabelle: cette dernière, d'une

pétulance inimaginable, ne cessait de
me faire mille avances. Madame Dartel
s'en aperçut, et m'en fit la remarque:
elle me recommanda la prudence.

On convint après le dîner d'aller au
spectacle : Isabelle s'empara de mon
bras; mais la maîtresse de la maison
ayant pris l'autre, la demoiselle en fut
un peu consternée : elle me serrait le
bras, je lui rendis cette pression, et
plusieurs fois il m'arriva, par mégarde,
de presser celui de mon autre compagne.
Madame Dartel en riait intérieurement.

Nous fûmes au Vaudeville. Je ne
m'occupai pas beaucoup des pièces que
l'on jouait; j'étais sur le devant de la
loge, entre Isabelle et madame Dartel,
et ma main ne quitta pas celle de la
jeune personne. Elle me rendit avec
usure mes serremens de main : bientôt

la mienne se posa sur un genou que je
jugeais être charmant, autant qu'on
pouvait s'en assurer sur une robe légère
qui le couvrait. On laissa cette main
presser des formes enchanteresses.

Je demandai à Isabelle de venir le
lendemain se promener aux Tuileries ;
elle eut l'air de refuser, seulement pour
se faire presser un peu davantage ; j'insistai, et l'on m'accorda ce que je désirais. Elle convint qu'à onze heures du
matin elle s'y rendrait : le lieu du rendez-vous fut convenu. Lorsque le spectacle fut terminé nous nous quittâmes.

Je revins chez moi, tout embrâsé de
la nouvelle passion que je ressentais
pour Isabelle. Elle avait échauffé mon
imagination et mes sens d'une manière
inexprimable, et je me promis bien de
profiter de la circonstance.

Je fus, comme vous pouvez le penser, exact au rendez-vous : onze heures
venaient de sonner; j'aperçus ma jolie
conquête qui se rendait à l'endroit convenu. J'allai au-devant d'elle, je fus
accueilli par le plus doux sourire. Je
pris son bras, et l'ayant mis sous le
mien, nous fîmes un tour sous les allées
solitaires qui sont près de la terrasse du
bord de l'eau.

J'offris à ma belle de partager avec
moi un déjeûner. Elle fit beaucoup de
façons, mais finit par accepter, et nous
nous rendîmes chez Doyen.

Je n'eus pas besoin de demander un
cabinet : le garçon, accoutumé à de
semblables visites, nous conduisit dans
un petit réduit charmant. Un canapé,
une table, deux chaises, une glace,
formaient tout l'ameublement de cet

endroit : c'était tout ce qu'il nous fallait.

Je commandai un déjeûner délicat et recherché, et, surtout, du vin de première qualité ; car souvent on doit une bonne fortune en échauffant un peu la tête d'une beauté.

~~~~~~

CHAPITRE XXVI.

Rencontre chez moi de mes deux maîtresses;
l'une me quitte, l'autre me pardonne. — Je
retrouve la mère de madame Dartel. —
Histoire de cette dame. — Notre départ
pour l'armée.

———

Vous êtes sûrement surpris, cher Lecteur, de voir une jeune personne aussi
vive et aussi hardie ? Que voulez-vous
que j'y fasse, je ne pouvais rien changer
à son caractère; tout ce que j'avais de
mieux à faire était d'en profiter.

Je fis asseoir l'aimable Isabelle près
de moi. Il faut avouer, me dit-elle en
riant, que je suis bien inconséquente

de venir seule avec un militaire déjeûner
tête à tête ? Que dirait-on de moi, si on
s'en apercevait ; mais je compte sur
votre discrétion, et j'espère que je n'aurai point à me repentir de ma condes-
cendance.

Je l'en assurai bien vite : un doux
baiser scella ma promesse. Il me fallait
être sage, le garçon pouvait rentrer
d'un moment à l'autre, et je craignais
d'être surpris. Ce que j'avais prévu arriva ; car on nous apporta ce que nous
avions demandé. Lorsque vous désire-
rez que l'on vous apporte le reste de ce
que vous avez commandé, me dit l'honnête garçon, vous sonnerez, Monsieur ;
on ne viendra que lorsque vous appe-
lerez ? Cet avertissement me fit un vrai
plaisir ; mon homme, en s'en allant,
ferma la porte. Comme il y avait en de-

dans un verrou, de crainte d'être surpris, je fus le pousser.

Je revins auprès d'Isabelle, qui ne
remarqua pas mon action, ou n'en fit
pas semblant.

Tout en déjeûnant, je dérobais à
Isabelle quelques faveurs: elle se défen-
dait, mais en riant, et ne paraissait
nullement fâchée de mes larcins. Ayant
sonné le garçon pour qu'il nous apportât
le dessert, avec une bouteille de Cham-
pagne, il eut bientôt exécuté mes or-
dres, et nous nous trouvâmes seuls.

Ce vin pétillant rendit notre gaîté
plus vive; je pris Isabelle sur mes
genoux, des caresses voluptueuses por-
tèrent le délire dans ses sens, et je
parvins à remporter une bien douce victoire. Je vis pourtant que la jeune demoiselle n'en était pas à son coup d'es-

sai; mais elle n'en valait pas moins la
peine, et c'était une véritable bonne
fortune.

Le sourire le plus attrayant voltigeait
sur ses lèvres de rose ; son œil pétillait
de volupté ; son sein agité semblait
vouloir briser les barrières qui le rete-
naient ; jamais je ne trouvai une ardeur
plus vive.

Trois heures s'étaient écoulées dans
cette douce occupation ; il fallut nous
séparer, et ce ne fut pas sans nous promettre de nous revoir. Elle me donna
l'assurance qu'elle viendrait chez moi,
et choisit justement les jours où je ne
recevais point Annette. Cette dernière
commençait à me lasser ; j'aurais voulu
trouver les moyens de m'en débarras-
ser honnêtement ; mais je ne savais

comment faire; je laissai au temps et à l'occasion de me tirer d'affaire.

J'allais très-souvent chez madame Dartel, j'aimais à causer avec elle; elle s'était aperçue de ma petite intrigue avec Isabelle; et sans nous prêter les mains, elle fermait les yeux sur notre intelligence.

J'étais un soir chez elle, lorsqu'elle me pria d'une commission, dont elle, ainsi que moi, étions bien éloignés de nous douter de ce qui devait en arriver. Comme elle savait que je connaissais un très-bon bijoutier, elle me chargea de faire raccommoder la bague qui avait été laissée par la sage-femme, lorsque cette dernière l'avait portée aux Orphelines. Je lui promis de faire sa commission dès le lendemain.

Isabelle me prévint qu'elle viendrait

me voir. Je n'attendais pas Annette ce
jour-là, ce qui me fit consentir à la visite
que l'on me proposait.

J'étais encore couché, lorsque le lendemain matin j'entendis frapper à ma
porte. Ne doutant pas que ce ne fût Isabelle, je sautai en chemise à bas de mon
lit, et je fus ouvrir. Combien je restai
étonné, quand j'aperçus Annette entrer
chez moi, et derrière elle Isabelle, que
la première n'avait pas vue!

Annette, en me sautant au cou, me
demanda comment je me portais. Je
passais par ta rue, me dit-elle, et j'ai
voulu te dire un petit bonjour. Ne com-
prenant rien à mon air extraordinaire :
Qu'as-tu donc ? continua-t-elle.

Je vais vous le dire, Mademoiselle,
répondit Isabelle, qui était entrée derrière Annette, et qui avait eu le soin de

fermer la porte : il est tout consterné de voir que ses petites infidélités sont découvertes; car vous êtes probablement une de ses maîtresses? Eh bien! vous n'êtes pas la seule : s'il vous a juré une constance éternelle, il m'en a dit autant.

Pendant ce discours, je me hâtai de m'habiller, et le plaisant de cette rencontre ayant pris le dessus dans mon imagination, je me mis à rire comme un fou.

Pardieu, Monsieur, me dit Isabelle avec un air courroucé, je ne vois pas ce qu'il y a de si plaisant dans toute cette aventure, pour nous rire au nez de cette sorte: Annette ne disait rien; elle pleurait. Enfin, prenant son parti : Vous êtes un monstre! jamais je ne vous reverrai: en disant ces mots, elle sortit en me laissant tête à tête avec Isabelle.

Celle-ci, s'étant assise devant moi, me toisait de la tête aux pieds. Il faut avouer, Monsieur, que vous êtes un heureux mortel : il vous faut deux jeunes et jolies personnes à la fois ; peut-être même y en a-t-il encore d'autres que je je ne connais pas. Mais riez, riez, encore plus fort, je ne sais qui me tient que je ne vous donne une paire de soufflets. Ces paroles augmentèrent encore ma gaîté : Isabelle, n'y tenant plus, vient sur moi, et lève la main pour m'appliquer ce dont elle m'avait menacé.

J'arrêtai ce geste avant qu'il m'eût atteint, et prenant Isabelle par le milieu du corps, malgré sa résistance, sa colère, les injures qu'elle me disait, je me mis en devoir de lui imposer silence ; mon moyen fut des plus efficaces. Ses injures firent place à des noms plus doux, ses yeux ne respirèrent plus que l'amour, et sa main, au lieu de chercher à se venger de moi, me pressai sur son cœur.

Je parvins pourtant, mais ce ne fut pas sans peine, à obtenir mon pardon; et un baiser donné bien tendrement en fut le gage.

Il fallut que je promisse de ne plus revoir Annette. Comme c'était mon intention, j'en fis bien volontiers le serment, et nous nous quittâmes, Isabelle et moi, parfaitement d'accord, et tout-à-fait bons amis.

J'allai aussitôt remplir la commission de madame Dartel : comme il y avait très-peu de chose à faire à la bague qu'elle m'avait confiée, je la remportai avec moi. Je ne pouvais aller que très-tard chez cette dame, parce que nous étions invités, le colonel et moi, chez la

veuve d'un général que mon ami avait
beaucoup connu.

J'avais eu déja le plaisir de voir plusieurs fois cette dame, qui n'était plus
de la première jeunesse : son aménité,
son bon ton, sa politesse, tout en
elle rendait sa maison extrêmement
agréable.

Nous nous rendîmes à l'heure conve-
nue à l'aimable invitation qui nous avait
été faite. Nous ne trouvâmes encore
personne d'arrivé : la maîtresse de la
maison était dans son salon.

Nous causâmes en attendant le dîner.
Je m'aperçus qu'elle ne quittait pas les
yeux de dessus la bague que j'avais au
doigt, et qui appartenait à madame
Dartel. N'y pouvant plus tenir : Monsieur, me dit-elle, vous avez un anneau qui me rappelle..... Veuillez avoir

la bonté de me le confier. Je le lui remis
entre les mains.

Après qu'elle l'eut examiné : Serait-
il à vous, Monsieur ? s'écria-t-elle. D'où
l'avez-vous eu ? — Il ne m'appartient
point, Madame, c'est une dame de mes
amies qui me l'a confiée pour la faire
raccommoder. — Une dame de vos
amies ! Quel âge peut-elle avoir ? —
Mais à-peu-près de vingt à vingt-deux
ans. — C'est cela. Ne sauriez-vous rien
de sa famille ?

L'air avec lequel cette dame m'inter-
rogeait, la rougeur qui s'était répandue
sur sa figure, la vivacité de ses yeux,
la rapidité de ses questions, tout me
présageait qu'il pouvait y avoir quelque
chose de relatif à madame Dartel, et
que cette dame pouvait bien être sa
mère ; aussi je ne lui cachai rien de ce

que madame Dartel m'avait appris sur
sa naissance.

Lorsque j'eus fini mon récit : C'est
elle! c'est-elle! s'écria la maîtresse de la
maison : Ah! Monsieur, je vous en supplie, allez la chercher. Non, je vais y
aller avec vous. Nous parvînmes, le colonel et moi, à calmer un peu cette
aimable dame. Je l'engageai à rester
chez elle et à recevoir son monde. Pendant ce temps, lui dis-je, je vais demander à dîner à madame Dartel ; et je
la préparerai à la nouvelle heureuse
que j'ai à lui apprendre. Oui, mon cher
Monsieur, me répondit la dame ; dites-
lui bien que je veux qu'elle reste avec
moi, que nous ne nous quitterions plus.
Je vais faire dire que je ne puis recevoir, étant indisposée ; je veux consacrer entièrement ces instans à ma fille.

Je l'assurai que je remplirais parfaitement sa commission.

Je me rendis donc chez madame Dartel; on allait se mettre à table lorsque j'arrivai. Monsieur Dartel dînait dehors, je ne trouvai que sa femme et Isabelle. Je viens dîner avec vous, leur dis-je en entrant. Comme c'est aimable, me répondirent ces dames : je ne m'attendais pas à ce plaisir, continua madame Dartel, car je croyais que vous alliez avec votre colonel chez la veuve d'un général.

J'y suis allé, répondis-je; mais je n'y suis pas resté à dîner. — Et pourquoi? — A cause d'une affaire extrêmement importante, qui m'a jeté dans le plus grand étonnement, et qui vous regarde. — Moi, s'écria madame Dartel? — Oui, vous, et je puis vous assurer que vous

serez la femme du monde la plus heureuse, lorsque vous saurez ce dont il
s'agit. — Parlez, je vous supplie. —
Seriez-vous contente de retrouver des
parens, une famille? — Que dites-vous?
— Une mère? — Une mère? s'écria
madame Dartel, en me prenant les
mains, expliquez-vous. Que voulez-
vous dire?

Je lui racontai alors ce qui venait de
m'arriver. Quel bonheur! Quelle heureuse aventure! me dit cette aimable
personne. Ne perdons point de temps,
volons vers ma mère.

Nous quittâmes la table aussitôt;
madame Dartel s'habilla, nous fîmes
venir une voiture, et nous nous rendîmes chez la mère de ma compagne.

Nous montâmes. A peine fûmes-nous
entrés, que la maîtresse de la maison,

qui se doutait de notre arrivée, se précipita au-devant de nous, et prenant sa
fille dans ses bras, ces deux aimables
femmes se firent mutuellement mille
caresses.

Le colonel et moi nous sentîmes nos
yeux mouillés de larmes d'attendrisse-
ment ; nous prîmes place à table. L'heureuse mère ne voulut point se séparer
de sa fille chérie.

Celle-ci lui montra le portrait qui
lui avait été remis avec la bague. Ah !
je n'ai pas besoin de cette dernière
preuve, lui dit sa mère ; mon cœur
m'assure que tu es mon enfant ; mais je
ne veux point que tu croies que c'est ta
mère qui eut la barbarie de te mettre
dans un asile si peu digne de toi ; mon
histoire, en t'apprenant mes malheurs,

te convaincra que ta mère ne fut point coupable de ce cruel abandon.

Nous voulûmes nous retirer le colonel et moi; mais ces dames nous arrêtèrent. Il est trop juste, mes amis, nous dit la mère, puisque c'est à vous que je dois ma fille, que vous connaissiez mes erreurs, mes fautes et mes chagrins. Nous la remerciâmes de sa confiance, et nous écoutâmes.

HISTOIRE

DE LA MÈRE DE Mme DARTEL.

Ma famille était riche et considérée; j'étais enfant unique, et toute leur amitié se reportait sur moi. J'eus les meilleurs maîtres. J'avais seize ans, lorsque mon père fit sortir de pension

un jeune homme nommé Alfred, dont
il était le tuteur.

Alfred, jeune, aimable, d'une figure
distinguée, d'une tournure charmante,
joignait à ces avantages beaucoup d'esprit et des talens de société. Sa conversation était extrêmement attachante;
il possédait au suprême degré l'art de
plaire.

Je ne pus voir tant de perfections sans
ressentir pour lui la plus vive passion.
Lui-même, par ses soins, ses attentions,
me prouvait qu'il n'était point insensible. J'eus bientôt la félicité de lui entendre me faire l'aveu de son amour ;
je ne pus lui cacher le mien, et nous
nous jurâmes de nous aimer toujours.

J'avais une gouvernante sur laquelle
mes parens se reposaient entièrement;
elle avait pour amant un jeune homme

avec lequel Alfred s'était lié. Cette femme, au lieu d'être pour moi une surveillante incommode, prêtait les mains à mes entrevues avec mon amant. Je savais que j'étais destinée à épouser un ancien ami de mon père, vieux militaire auquel il avait de grandes obligations; cette union ne me présentait qu'une perspective extrêmement malheureuse; mais, sans prévoyance, je jouissais du bonheur présent, sans penser à l'avenir.

Si j'avais eu une autre surveillante, je n'aurais pas été entraînée dans l'abîme où mon amour pour Alfred pensa me précipiter.

Ma gouvernante, voulant avoir la liberté de passer une matinée entière avec son amant, obtint de mes parens la permission d'aller voir sa mère, qui demeurait dans un petit village à une lieue de

Paris : comme on avait toute confiance
en elle, je lui fus confiée. Lorsque nous
fûmes en voiture, elle dit un mot au co-
cher. Nous prîmes la route de la barrière
de Vaugirard ; mais au lieu d'aller chez
sa mère, la voiture s'arrêta vis-à-vis un
restaurateur ; nous en vîmes sortir l'a-
mant de ma gouvernante avec Alfred.

Je n'eus ni le temps ni la pensée de
réfléchir que la conduite de ma gouvernante était répréhensible ; heureuse de
me trouver avec mon amant, je ne
pensai pas à autre chose. On nous servit un déjeûner recherché. Alfred ne
m'épargna pas. Peu accoutumée à boire,
je me vis bientôt étourdie.

Notre déjeûner tirant à sa fin, ma
gouvernante sortit avec son amant, en
me recommandant à Alfred. Celui-ci
n'eut pas plutôt vu que nous étions

seuls, qu'il ferma le verrou, et revint
près de moi; il redoubla ses caresses. Je
n'étais pas dans un état à lui opposer
aucune résistance, au contraire, mes
désirs étaient au moins aussi ardens que
les siens; le vin que j'avais bu m'avait
ôté ma raison; je me livrai donc à ses
caresses, et je commis la plus grande
faute dont une jeune personne puisse se
rendre coupable.

A peine fus-je sortie des bras d'Alfred, que je sentis toute l'étendue de
mon malheur. Alfred chercha par ses
caresses, par ses paroles à me rassurer;
mais ce fut en vain qu'il voulut obtenir
encore ce qu'un moment de délire avait
pu lui laisser ravir; ma raison me faisait sentir la grandeur de ma faute:
trop heureuse si elle n'avait eu aucune
suite funeste.

Quand ma gouvernante rentra, je ne fis rien paraître de ce qui s'était passé; je n'avais pardonné à Alfred que sous la condition qu'il ne me trahirait pas. Le pauvre jeune homme était aussi affligé que moi, et je ne pus voir ses larmes sans lui promettre d'oublier son attentat.

Nous rentrâmes à la maison sans que mes parens se doutassent de ce qui venait de m'arriver. Un pressentiment funeste me tourmentait cruellement; il ne fut que trop réalisé! j'eus la certitude affreuse que je renfermais dans mon sein le fruit de ma faute. Je ne voyais plus à mes yeux que la honte et le déshonneur. La mort était le seul remède qui pouvait méviter l'infamie.

J'instruisis Alfred de cet événement. Il me rassura en me disant qu'il trouverait les moyens de me tirer d'embarras, et d'empêcher que l'on ne s'aperçût de ce qui m'arrivait. Il appela ma gouvernante ; il lui confia mon malheur : ils convinrent donc de tout ce qui était nécessaire.

Je parvins, par mille précautions, à cacher ma grossesse à ma famille ; Alfred gagna un chirurgien qui vint dans la maison. Il passa pour le frère de ma gouvernante, qui était chirurgien d'un régiment. On lui permit de se loger chez nous.

Enfin, un matin à deux heures, je fus délivrée sans que personne de l'hôtel en eût le moindre doute. Ma gouvernante se chargea de mon enfant, qui était une petite fille. Je gardai le lit pendant quelque temps, sous le prétexte d'une courbature : ma santé ne fut point altérée.

Je demandai à Alfred où était mon enfant; il m'assura qu'il était bien, et qu'on en aurait le plus grand soin.

Dans le cours de l'année qui suivit mes couches, cette femme qui avait été la cause de ma perte, mourut; elle voulut me dire quelque chose; mais la maladie l'avait prise si subitement, qu'elle perdit l'usage de la parole avant que de pouvoir me confier ce qu'elle désirait m'apprendre.

Alfred était parti pour son régiment. Quelques mois après nous apprîmes sa mort, je le pleurai sincèrement; j'en étais d'autant plus affligée, que j'ignorais ce qu'était devenu mon enfant, et que je n'avais aucun moyen de le retrouver.

Mon père songea alors à me marier à son ami. J'y consentis sans répugnance. Je n'eus qu'à me féliciter de

cette union : mon époux, quoique âgé,
eut pour moi tous les soins imaginables.
Je n'avais que la douleur de ne point
avoir d'enfant, et de ne pas savoir ce
que le mien était devenu.

Je perdis mon époux : j'avais été trop
heureuse avec lui pour songer à me re-
marier. Je me fis une société de vrais
amis. La perte de ma fille empoison-
nait seule tous mes momens. Combien je fus frappée, lorsque j'aperçus à
votre doigt cette bague qui vient d'être
la cause de mon bonheur. Je me rappe-
lais que j'en avais donné une pareille à
Alfred ; j'y avais fait graver mon chiffre
et le sien. Je n'eus plus aucun doute
lorsque je les reconnus, et je ne vis
plus pour moi qu'un avenir de félicité.

La mère de madame Dartel termina
ainsi ses aventures. Elle embrassa sa

fille. Ces dames me forcèrent à accepter
l'anneau qui avait été la cause de leur
réunion : elles voulurent y joindre de
riches présens ; mais je n'acceptai que
la bague seule.

Monsieur Dartel fut ravi de cette
reconnaissance : il vint avec sa femme
demeurer chez sa belle-mère ; nous les
vîmes très-souvent. Isabelle m'était toujours attachée ; quant à Annette, je
n'en entendis plus parler.

Notre régiment ayant été entièrement completté, il fallut repartir où
la gloire nous appelait ; nous fîmes nos
adieux à nos amis, nous nous promîmes
de nous écrire mutuellement, et nous
nous rendîmes à notre destination.

~~~~~~~~~~~~~~~~~~~~~~~~~~~~~~~~~~~~~~

CHAPITRE XXVII.

Notre régiment est envoyé en garnison à Versailles. — Je fais une nouvelle connaissance au spectacle. — Aventure tragique d'un jeune officier de mon régiment.

———

Notre armée... — Ah! monsieur Policarpe, vous nous aviez promis de ne pas nous donner des descriptions de combats, de marches, de campemens et enfin de tout ce qui a rapport aux opérations militaires, auxquelles vous vous êtes trouvé : faites-nous-en grâce, je vous prie, et, pour la rareté du fait, tenez votre promesse. — Puisque tu me rap-

pelles mes engagemens avec tant de politesse, je vais, ma chère Marguerite,
suivre tes conseils. Je dirai seulement
que nous fûmes vainqueurs, que la paix
étant faite, nous revînmes en France, et
que nous eûmes le bonheur que notre
régiment fût cantonné à Versailles.

Ce fut avec un bien grand plaisir que
nous retrouvâmes nos amis. Isabelle était
mariée en province ; je me voyais alors
sans aucune affaire de cœur. Je passai
mon temps à venir souvent à Paris pour
voir mes connaissances, et aller quelquefois au spectacle.

Un jour que je me trouvais aux Français, n'ayant pu avoir de place au par-
terre, je me mis à la première galerie.
J'étais auprès d'une dame qui, sans être
jolie, plaisait par l'ensemble de sa physionomie : d'une taille élégante, un peu

plus d'embonpoint ne lui aurait pas nui ;
mais des yeux vifs et tendres en même
temps, une bouche agréable, de jolies
dents, une main petite et blanche, la
rendaient digne des attentions d'un galant homme.

Elle pouvait avoir de vingt-quatre à
vingt-six ans. Un monsieur de quarante-
cinq à cinquante ans l'accompagnait. A
sa mine refrognée, à son peu de complaisance pour la dame, je jugeai, avec
raison, que c'était un mari. Il me prit
une certaine envie de lier connaissance
avec ma voisine ; j'avais le pressentiment
que je réussirais, et je ne fus pas trompé.

Je commençai par lui parler des acteurs : elle me répondit avec esprit ; un
son de voix agréable me portait encore
davantage à me lier avec cette jeune
femme. Je lui dis, bas à l'oreille, des

choses aimables; un sourire fut sa réponse. Je me hasardai à chercher à lui
presser la main, un grand schal qu'elle
portait m'en facilita les moyens ; on ne
la retira pas. Je lui fis connaître l'impression qu'elle avait faite sur moi, et je lui
marquai la peine que je ressentais de ne
plus revoir une personne aussi aimable,
après avoir eu le bonheur de la connaître.

Mes yeux exprimèrent en même
temps mon chagrin. Un petit air de
compassion, un petit serrement de main,
me donnèrent l'espoir que l'on trouverait les moyens de faire plus ample
connaissance.

Je ne sais si le mari s'était aperçu de
notre intelligence ; mais il dit à sa femme
qu'elle serait mieux à sa place, et la fit
changer avec lui. Quel contre-temps

pour moi! J'étais au moment d'apprendre probablement l'adresse de ma belle. Je ne savais plus comment faire, et je m'en désespérais.

Devais-je craindre? Ce que femme veut, Dieu, ou plutôt le diable le veut ; et un mari enfermerait-il sa moitié dans une bouteille, que si elle avait mis dans sa tête qu'il serait enrégimenté, il le sera, quoiqu'il dise ou qu'il fasse. Le seul moyen d'éviter un pareil accident, c'est la confiance; ce sont les soins, les attentions. Soyez plus aimables que les amans, Messieurs les époux, et l'on ne vous trompera pas.

Un regard, que je jetai sur ma conquête, lui apprit toute la peine que j'éprouvais de notre séparation. Son jaloux me tournait presque le dos : elle choisit un moment où il était attentif au jeu des

3.

acteurs, pour me faire signe qu'elle en
était aussi fâchée que moi; mais qu'il ne
fallait pas se décourager. J'en acceptai
l'augure, et j'attendis avec impatience
ce qu'elle allait faire pour endormir
notre Argus.

Lorsque la première pièce fut finie,
ma belle me fit signe de prêter attention; j'écoutai, avec la plus grande sur-
prise, la conversation qui s'établit entre
la femme et le mari, et que je vais rapporter fidèlement.

Sais-tu bien, M. Dormer, c'est la dame
qui parle, que c'est fort ennuyeux de
ce que tu sors de si bonne heure tous les
jours; depuis neuf heures jusqu'à quatre
te voilà dehors.—Que veux-tu, ma chère
amie, je ne puis faire autrement: il faut
de l'exactitude à un employé. J'en suis
aussi fâché que toi; mais si je manquais,

on a toujours tant d'ennemis, on ferait
un rapport contre moi, et je pourrais
perdre ma place. — C'est pourtant fort
désagréable. — Je n'en disconviens pas,
mon rat ; mais surtout dans ce moment-
ci, je me garderais bien d'y manquer :
voilà bientôt l'approche des gratifica-
tions, il ne faut pas que je me mette,
par ma faute, dans le cas de n'en pas avoir.

Un petit coup d'œil de la dame m'a-
vertit que je devais connaître l'heure à
laquelle elle était seule. Un signe de
mon côté lui fit voir que je l'avais com-
prise. Ce n'était pas assez de savoir
l'heure et le nom de la dame, il fallait
avoir son adresse. La suite de la conversation, comme vous le verrez, cher Lecteur, vous prouvera que je n'avais pas
affaire à une sotte.

Sais-tu, mon ami, continua la dame,

que madame Noselle est folle, quand elle nous dit que son quartier vaut le nôtre. Elle avait un si joli appartement au-dessous de nous; car le premier est charmant : elle le quitte pour aller au Marais, dans un quartier désert.—Oui, mais aussi elle en a pour moitié moins, et je suis de son avis.—Pour moi, je pense le contraire; mon logement est charmant, j'ai le plaisir de voir de mes fenêtres toute la place Victoire; si nous étions dans le milieu de la rue, tu pourrais te plaindre de la foule. Si tu veux pourtant absolument déménager, nous pouvons prendre le logement qui est à louer deux portes plus bas que notre maison, au numéro trois; mais quant à quitter mon quartier, n'y pense pas; je donnerais tout Paris pour la rue des Fossés-Montmartre. — Allons, allons,

dit le mari, ne te fâche pas , nous res-
terons; et voilà mon époux qui fait un
petit sourire à sa moitié, d'une façon
si plaisante, que je crus voir le diable
faire la grimace.

Le spectacle étant fini, mes voisins
sortirent. En descendant l'escalier, je me
mis auprès de la dame ; nous nous pres-
sâmes la main tendrement, et j'eus le
plaisir de lui entendre me dire bas :
Demain, onze heures. Ma main l'assura de mon exactitude.

Je me retirai chez moi la tête remplie
de ce nouvel objet, et surtout de l'a-
dresse avec laquelle elle était parvenue
à me donner un rendez-vous devant son
mari. J'étais loin d'estimer une telle
femme ; mais un militaire n'y regarde
pas de si près.

Je fus exact au rendez-vous ; je de-

mandai madame Dormer; je montai au
second, je sonnai; ce fut la dame elle-
même qui m'ouvrit. Sa position était
un peu embarrassante; mais prenant un
air de gaîté: Il faut avouer, me dit-elle
en riant, que je commets une action
bien inconséquente; qu'allez-vous penser de moi? — Que vous êtes la plus
aimable des femmes, lui répondis-je.
Elle me fit entrer alors dans sa chambre
à coucher. Je ne me rappelle pas comment tourna la conversation; seulement
je sais qu'en sortant nous étions les
meilleurs amis du monde, et qu'elle me
dit en me reconduisant: Mon ami, tu
viendras demain.

Chaque fois que j'allais à Paris, je ne
manquais pas de lui rendre visite. Une
aventure qui arriva à un des officiers de
mon régiment, m'ôta tout-à-fait l'envie

de continuer à lier des intrigues, et la guerre qui survint en même-temps, rompit tout-à-fait cette liaison.

Cette aventure affreuse intéressera, je n'en doute pas, le lecteur, et je vais la lui raconter.

Nerval, sous-lieutenant dans mon régiment, d'une famille riche et recommandable, possédait tout ce qui plaît dans la société : jeune, aimable, rempli de talens; d'une taille élevée, il y joignait la plus charmante figure; connaissant parfaitement ses avantages, il savait en profiter : homme d'honneur, ami sûr, brave soldat; un seul défaut, qu'il regardait comme une qualité, était d'aimer les femmes avec passion, et de ne rien respecter pour satisfaire ses désirs.

Il allait souvent dans une maison dont le maître, homme âgé, mais aimable, se plaisait à recevoir chez lui une société de personnes recommandables par leur esprit et leurs talens; Nerval lui avait été recommandé, et il fut accueilli parfaitement.

Monsieur de Terna avait une fille charmante, qu'il y avait très-peu de temps qu'il avait retirée de pension. Cette jeune personne avait perdu sa mère en bas âge; n'ayant à peine que seize ans, elle ignorait entièrement la duplicité des hommes, et croyait tout le monde sincère.

Nerval la vit et la désira. Il chercha à lui plaire, il ne lui fut pas difficile d'y parvenir. Elle lui avoua les sentimens qu'il avait fait naître; mais ce n'était pas assez; il parvint, par ses séductions, par ses sermens, par mille moyens qu'il est inutile de détailler, à obtenir de cette malheureuse jeune personne, ce qu'elle aurait dû toujours lui refuser.

Tout entière à son amour, elle ne voyait aucun mal à accorder à son amant des faveurs dont elle partageait les plaisirs. L'amour n'est jamais content; Nerval ne voyait jamais sa maîtresse aussi tranquillement qu'il le désirait, il craignait toujours d'être surpris. Il la sollicita de venir chez lui. Elle refusa d'abord; mais, hélas! qui n'est pas faible pour celui qu'on aime? Elle finit par consentir à passer une nuit avec lui.

La femme de chambre, qui était la maîtresse du domestique de Nerval, fut mise dans la confidence. Le jour fut désigné, Nerval attendit mademoiselle de Terna. Le soir, à dix heures, elle sortit, enveloppée dans une grande pe-

3.

lisse, afin d'être plus cachée : elle prit,
en tremblant, le bras de son amant, et
le suivit.

Nerval cherchait tous les moyens de
la rassurer. Lorsqu'ils furent chez lui,
il sut si bien, par ses caresses, éloigner
du cœur de la jeune fille toutes les
craintes qu'elle avait ressenties, qu'elle
se livra entièrement au bonheur d'être
avec celui qu'elle chérissait.

Combien ces plaisirs devaient être
payés cher ! Toute la nuit fut employée
par Nerval et son amie à se donner
des preuves de leur amour. Le jour allait bientôt paraître : c'était le signal de
leur séparation. Nerval voulut encore
faire goûter à son amante la suprême
volupté : bientôt les yeux de la jeune
personne se ferment, un mouvement
convulsif agite tous ses membres, elle

pousse un soupir, elle avait cesssé de
vivre.

Nerval crut d'abord que l'excès du
bonheur avait plongé cette jeune personne dans cet évanouissement. Il se
lève, cherche, par tous les moyens, à
la faire revenir ; soins inutiles, tout
était fini.

Peignez-vous le désespoir de ce jeune
homme ! Que faire ? que devenir ? Il
pense que peut-être je pourrai le sortir
de cette position affreuse.

A quatre heures du matin, j'entendis
frapper à ma porte : étonné d'une visite
à pareille heure, j'ouvris pourtant ;
j'aperçus Nerval, la figure renversée,
qui se jeta dans mes bras en me disant
qu'il était un homme perdu.

Je parvins, quoiqu'avec beaucoup
de peine, à lui faire expliquer ce qui

l'amenait vers moi. Combien mon âme
fut affligée de ce qu'il m'apprit. Je voulus retourner chez lui sur-le-champ,
voir s'il n'y avait pas quelques moyens
pour rappeler à la vie cette infortunée.
Hélas! tout était fini pour elle!

Je contemplai avec douleur cette
jeune fille, dont la beauté n'était point
encore altérée par la mort. A peine
était-elle entrée dans la vie, qu'elle en
avait disparu pour jamais. Je pensai à
la douleur du père, lorsqu'il appren-
drait la mort de son enfant, et surtout
la manière dont elle avait péri; je ne
trouvais aucun moyen pour tirer mon
ami de cet horrible état; je pensai que
je devais en instruire mon colonel.

Je me rendis aussitôt chez lui; il fut
aussi étonné et aussi affligé que moi de
cette affreuse nouvelle. Il était très-lié

avec un ami intime de M. de Terna; il
s'empressa de l'aller trouver; il lui apprit ce qui venait d'arriver à la fille de
ce digne homme.

Ce monsieur se chargea de faire connaître, à ce père infortuné, le malheur qui lui ravissait une fille chérie.
Mon colonel donna l'ordre à Nerval de
se rendre dans sa famille : il partit de
suite : son désespoir était extrême.

Le colonel et moi nous restâmes auprès du corps de cette jeune personne ;
bientôt nous vîmes arriver l'ami de
M. de Terna; il nous apprit la manière
dont il avait fait connaître à son ami le
sort de sa fille. Il l'aborda avec un air très-
affligé, et lui dit qu'il venait lui demander un conseil pour un de ses amis qui
se trouvait dans une position épouvantable; il lui raconta l'aventure. M. de

Terna crut, en voyant l'air peiné de
son ami, que c'était la fille de celui-ci
qui é ait la victime; il lui répondit qu'il
pensait, comme lui, que c'était un malheur affreux; mais qu'il n'y avait pas
deux partis à prendre; qu'il fallait sauver la réputation de la jeune personne;
que son père devait avoir assez de courage pour trouver les moyens de faire
venir le corps de sa fille chez lui,
et faire croire que sa mort était arrivée naturellement chez son père.
Mon cher, lui dit alors son ami, il faut
que vous vous armiez vous-même de
courage: c'est votre fille. A ces paroles,
M. de Terna tomba évanoui; son ami
parvint, par ses soins, à le rendre à la
vie et au malheur. Il se chargea de faire
transporter la jeune fille chez son père :
comme elle était très-petite, le colonel

envoya chercher chez lui un coffre qui
pouvait la contenir ; nous la mîmes de-
dans, et accompagné de l'ami de M. de
Terna, on la porta chez elle. Le lendemain on annonça dans la ville la mort
subite de cette jeune personne. Sa réputation resta intacte, mais son malheureux père ne survécut pas long-temps à
cette cruelle aventure ; deux mois après
il mourut presque subitement.

Notre régiment retourna en Allemagne, la guerre étant déclarée de nouveau. Nerval chercha toutes les occasions de perdre la vie, et une balle qu'il
reçut dans la poitrine, eut bientôt
comblé ses désirs. Je le soignai dans
ses derniers momens, il ne me restait
plus d'autre ami que mon bon colonel.
Hélas ! je devais aussi le perdre, et
d'une manière affreuse.

~~~~~~

CHAPITRE XXXVIII

ET DERNIER.

Retraite de Moscou. — Mon colonel ne peut
plus avancer. — Notre entrée dans un château. — Il reconnaît sa femme. — Il meurt.
— Histoire de l'épouse de mon colonel.
— Mon retour en France. — Conclusion.

―――――――

Nous fîmes cette campagne qui coûta
la vie à tant de Français ; Moscou nous
vit dans ses murs. Je ne ferai point les
détails de cette désastreuse retraite, où
périrent les plus braves guerriers qu'il y
eût au monde. Nous parvînmes à passer la Beresina ; mon colonel et moi,

nous perdîmes nos domestiques. Réduits à nous-mêmes, nous payâmes au poids de l'or de mauvaise farine : le café était presque notre seule nourriture. Nous nous égarâmes tous deux. Ayant été poursuivis par des Cosaques, nous nous trouvâmes séparés des débris de notre armée. Le froid était excessif, mon colonel, très-âgé, ne pouvait le supporter. Je faisais tout mon possible pour ranimer son courage et ses forces ; mais tous mes soins étaient presque inutiles, à chaque moment il s'affaiblissait davantage.

Nous avions perdu nos chevaux. Enfin, arrivés près d'un château, il tomba à mes pieds, sans pouvoir se relever. Il était presque nuit. Je préférai nous voir prisonnier, à perdre mon bienfaiteur. J'allai frapper à la porte de ce manoir.

Je parvins à me faire entendre, et je demandai l'hospitalité. Au bout d'un moment on m'ouvrit. Je priai que l'on vînt avec moi relever mon ami: on acquiesça à ma demande. Je trouvai le colonel respirant encore; mais tous ses membres presque gelés.

Il fut transporté dans l'intérieur du château. Le médecin était là. Après l'avoir examiné attentivement, il déclara qu'il n'y avait aucune espérance de le sauver; que non-seulement on devait attribuer cet état aux fatigues qu'il avait éprouvées, mais encore à son âge avancé.

Il fut mis dans un lit; la maîtresse du château vint nous rendre visite, et nous assurer que nous trouverions chez elle, quoique nous soyions Français protection et secours.

C'était une dame âgée, dont la figure respectable inspirait la vénération. Elle me demanda qui nous étions. Je n'eus pas plutôt nommé le colonel, qu'elle jeta un grand cri et s'évanouit. Le médecin qui était présent, parvint à la rendre à la vie. C'est mon époux! s'écria-t-elle en reprenant ses sens; elle se précipita vers le lit de mon malheureux ami; il la regarda, lui tendit la main, ainsi qu'à moi, pour la serrer. Je vous pardonne, lui dit-il. Adieu, mes amis; et il expira.

Le chagrin que je ressentis de la perte du colonel, de cet ami sincère, qui m'avait rendu tant de services, joint aux fatigues que j'avais éprouvées, à cette température qui avait glacé tous mes sens, me causèrent une maladie dangereuse.

Je ne connaissais pas mon état : car un délire continuel s'était emparé de moi. Les soins de l'épouse de mon bienfaiteur, me rappelèrent à la vie ; mais combien j'étais changé ! Mes traits qui autrefois étaient assez agréables, se trouvèrent défigurés par mon nez, qui était devenu extraordinairement enflé et rouge comme une écrevisse ; mes pieds pouvaient à peine me porter, et mes mains, presque toutes gelées, me faisaient craindre que l'on ne fût obligé de les couper. J'en fus quitte, heureusement, pour trois doigts que je perdis, et pour la grosseur et la rougeur de mon nez, qui ne devaient jamais changer en bien, mais augmenter même lorsqu'il ferait froid.

Il me fallut bien prendre mon parti. Je n'étais plus jeune ; mon seul désir était de revoir ma patrie : je fus forcé pourtant d'attendre que je sois entièrement rétabli.

Je n'eus qu'à me louer des soins et des attentions de la maîtresse de la maison. Lorsque je fus un peu mieux, elle me demanda de lui donner des détails sur le colonel. Je la satisfis, en lui racontant ce que je savais de lui, et surtout en m'étendant sur sa bonté et sur ses qualités. Hélas! me dit-elle, vous devez me croire bien coupable, d'après ce que vous a dit mon époux; lui-même devait le penser aussi; toutes les apparences étaient contre moi. Mais, hélas! j'étais encore bien plus malheureuse; le seul qui méritait d'être puni, et qui le fut par la main de son frère offensé, ce fut mon ravisseur. Avant

votre départ, je veux vous confier ce
qui m'est arrivé.

Quelques jours après, l'épouse de
mon colonel me fit le récit qu'elle
m'avait promis.

Lorsque mon époux partit pour l'armée, me dit-elle, il vint habiter près de
nous un vieux comte avec son fils. Ces
messieurs furent présentés chez mes parens par un des amis de mon père. Ils
avaient quitté leurs véritables noms, ce
qui empêcha mon père de les reconnaître pour les parens de mon époux.

Ce dernier était aux armées, et souvent je recevais de ses lettres : c'était
pour moi une bien douce consolation
des peines que me causait son absence.

Les deux étrangers venaient journellement chez nous ; mon père ainsi que
le vieux comte faisaient société ensem-

ble, et se plaisaient mutuellement. Le fils, nommé Edouard, me faisait une cour assidue; c'était vainement qu'il me rendait des soins, mon cœur était entièrement à mon époux. Un jour il osa se déclarer: je lui fis sentir l'inconvenance de sa conduite. Il me demanda pardon de son audace, et en parut tellement affligé, que je crus à la sincérité de ses paroles, et que je voulus bien oublier son offense.

Depuis ce moment, il était devenu extrêmement réservé, et conservait avec moi ce ton d'urbanité que les Français possèdent au suprême degré. Je ne me défiai nullement de ce perfide: voilà la faute que je me reprocherai toute ma vie.

Si je ne m'étais pas reposée avec tant de sécurité sur ma vertu, j'aurais banni de ma présence cet homme pervers, et je n'eus pas été entrainée, malgré moi, dans l'abime de maux qu'il a ouvert sous mes pas.

J'avais, depuis peu, une nouvelle femme de chambre ; elle m'avait été recommandée par une dame de mes amies. Son air doux m'avait prévenue en sa faveur, et j'étais loin de penser que son âme fût assez vile pour vendre sa maîtresse, sans en éprouver aucun remords.

J'étais pourtant très-bonne pour elle ; journellement je lui faisais quelques cadeaux, et elle me jurait un attachement à toute épreuve. C'était dans les momens mêmes où elle me faisait les plus belles protestations de fidélité, que l'infâme tramait ma perte.

Mon père et ma mère étaient allés passer quelques jours à la campagne ;

me sentant indisposée, j'étais restée.
Après mon dîner, que ma femme de
chambre me servit elle-même, je sentis
une pesanteur insupportable; et un sommeil, qu'en vain je voulus combattre,
vint s'emparer de tous mes sens. Ce
sommeil était pénible; je craignais de
m'y livrer; il semblait qu'il devait m'arriver quelques malheurs : mes pressen-
timens ne furent que trop justifiés!

Je me reveillai dans le milieu de la
nuit; j'étais couchée, et dans les bras
d'un homme! J'étais encore assoupie et
je m'imaginais que c'était mon époux;
mais peu à peu ma raison revint entièrement, le jour parut, et j'eus l'horreur de
voir que j'étais la victime d'Edouard!

Je ne puis vous peindre mon désespoir! Edouard eut toutes les peines du
monde à m'empêcher de m'arracher la

3.   17

vie. Ma tête était entièrement égarée ;
ma femme de chambre, ainsi que cet
homme affreux, cherchèrent tous les
moyens de me calmer ; ils n'y parvinrent qu'avec peine, et un profond chagrin prit la place de ma démence.

Je ne voulais plus voir Edouard ; je
voulais renvoyer ma femme de chambre ; mais la crainte que mes parens
n'eussent connaissance de mon malheur, me fit garder le silence sur leur
coupable machination.

Je recevais journellement des lettres
de mon époux ; mais c'était avec une
contrainte extrême que je lui répondais.
Je voulais lui avouer le malheur dont
j'étais la victime, et chaque fois un mouvement de crainte m'empêchait de faire
cet aveu.

Ma position était extrêmement pénible; elle le devint encore davantage, quand j'eus la triste et horrible certitude que je portais dans mon sein le fruit du crime d'Edouard.

Il fallut que je lui fisse part de mon état, ne sachant comment le cacher à mes parens. Il en parut au comble de la joie : il me proposa de fuir avec lui.

Mon déshonneur était certain ; je n'avais que ce seul parti à prendre pour éviter l'infamie. Ce fut avec la plus vive peine que je m'y déterminai ; mais si je restais, j'étais perdue de réputation ; au lieu que par ma fuite, en changeant de nom, j'évitais cette honte.

Edouard, ainsi que ma femme de chambre, ne me laissèrent pas un moment de repos, que je n'eusse consenti à me sauver de la maison paternelle.

Un nouveau coup m'y détermina

entièrement, en accumulant dans mon cœur les plus cruels remords.

Mon père s'était aperçu de l'intimité qui existait entre Edouard et moi. Il trouva ce jeune homme qui descendait de mon appartement, il était près de minuit. Mon père l'avait épié : furieux, il le provoqua. Edouard voulut chercher à l'appaiser : ne pouvant y parvenir, et craignant pour ses jours, il fut obligé de se défendre. Il mit l'épée à la main. Il espérait parvenir à désarmer son adversaire, lorsque mon malheureux père, aveuglé par la colère, se précipita sur le fer de son ennemi, et tomba percé d'un coup mortel.

Edouard, effrayé du crime qu'il venait de commettre, ne perdit pourtant point la tête; il vint me chercher. Je n'étais pas encore couchée; ayant entendu la voix de mon père, j'étais dans des transes mortelles.

Je ne puis vous peindre mon saisissement à la vue d'Edouard les cheveux hérissés, la figure renversée, son épée, teinte de sang, à la main. Il me prit par le bras : Venez vite, me dit-il en m'entraînant avec lui. Je le suivis sans savoir ce que je faisais, tant j'étais troublée par cette horrible apparition.

Ah! je ne puis me rappeler encore sans frémir cet instant affreux où je fus obligée de passer près du corps de mon père infortuné. Je ne sais comment je n'expirai pas sur la place.

Edouard se hâta de m'entraîner loin de cet horrible spectacle. Je vois encore cet homme respectable! son œil fermé, son visage sur lequel la mort, l'affreuse mort avait déjà répandu son épouvantable aspect; son sang baignait sa chevelure blanche! Je crus l'entendre prononcer la terrible malédiction qui pèse sur ma tête coupable.

A peine fus-je dans la voiture qu'Edouard avait tenu prête depuis quelques jours, espérant me faire consentir à l'accompagner dans sa fuite, que je perdis connaissance.

Je ne puis dire ce que dura mon évanouissement; mais lorsque je revins à la vie, j'étais si fatiguée, qu'à la poste voisine il fallut absolument nous arrêter, tant ma faiblesse était grande.

Je me mis sur un lit, et la fatigue ainsi que le sommeil vinrent fermer mes yeux. Plut au ciel que jamais je ne me fusse réveillée! je n'aurais pas vu l'affreux spectacle qui s'est passé devant moi.

J'entendis ouvrir ma porte; je crus
que c'était Edouard, je l'appelai; mais
quel fut mon effroi, quand j'aperçus mon
époux..... Il m'accabla de reproches.
Edouard entra dans la chambre; à peine
mon époux l'eut-il aperçu, qu'il l'en-
traîna dehors. Je me précipitai à bas de
mon lit pour les suivre et pour éviter la
funeste catastrophe que je prévoyais;
mais ce fut inutilement.

Lorsque j'arrivai sur le champ de bataille, Edouard avait succombé sous le
fer de son ennemi! Moi-même, je ne
pus supporter cet affreux spectacle, et
je perdis connaissance. Une fièvre violente se déclara, et je ne dus mon retour
à la vie qu'aux soins de la maîtresse de
l'auberge, qui me les prodigua avec un
désintéressement inimaginable.

Quand je fus rétablie, je voulus absolument connaître ce qui s'était passé avant ma maladie, et dont je n'avais conservé qu'une idée confuse.

On m'apprit qu'Edouard avait été blessé mortellement; qu'avant de mourir, il avait prié mon époux de faire remettre une lettre à son père, et qu'il m'avait entièrement disculpée; mais qu'aussitôt que mon époux avait eu la lettre entre les mains, il avait reconnu avec le plus affreux saisissement, qu'Edouard était son frère! A cette conviction, il perdit la tête, et s'enfuit en montant un cheval qui était à la porte de l'auberge, et l'on n'eut aucune nouvelle de ce qu'il avait pu devenir.

Edouard ne survécut que peu d'heures à la connaissance qu'il eut d'avoir été tué par son frère. Il fut inhumé dans le

village, et l'on fit parvenir à son père
la lettre qu'il avait écrite.

Ce récit fit couler mes larmes, et me
déchira le cœur. La secousse que j'avais
éprouvée avait détruit dans mon sein
l'enfant du crime.

Je ne savais quel parti prendre : je
n'osais retourner chez mes parens.

Je fis prendre des renseignemens sur
ma mère ; j'appris, avec le plus grand
étonnement, que mon père avait sur-
vécu quelques jours à ses blessures : il
n'était qu'évanoui, à ce qu'il me paraît,
lorsque je passai à ses côtés.

Ma mère, frappée mortellement au
cœur par des coups aussi-funestes, avait
suivi son époux dans la tombe. Je donnai ma procuration au mari de la bonne
maîtresse d'auberge, qui m'avait rendu
tant de soins. Je le chargeai de recueil-

lir la succession de mes p rens et de vendre mes biens ; ce qu'il exécuta. Lorsqu'il fut revenu, et qu'il m'eût rendu un compte exact de ma fortune, je me décidai à quitter l'Allemagne, et à m'établir en Pologne.

Je proposai à mes amis, c'est à dire à l'aubergiste ainsi qu'à sa digne femme, de s'attacher à mon sort ; ils y consentirent avec plaisir : nous partîmes donc tous trois pour cette contrée.

Je trouvai ce château à acheter, ainsi que les terres qui en dépendent ; il nous convint ; j'en devins la propriétaire, et, après moi, j'assurerai ma fortune à mes deux amis.

Je retrouvai dans cette solitude un peu de calme et de tranquillité. Faire du bien à tout ce qui m'entourait, devint ma plus précieuse occupation. L'i-

mage de mon époux offensé, ainsi que
celle de mes bons et infortunés parens,
se présentaient souvent à mon imagination; mais j'espérais que mes remords
parviendraient à les appaiser. La mort
de mon époux a renouvelé dans mon
âme la douleur que la perte de parens
aussi chers m'avait fait ressentir; mais
son pardon généreux me donne l'espérance que le Ciel ne sera pas plus
rigoureux que lui, et que quelque
jour je retrouverai, dans un meilleur
monde, tous les objets de ma tendresse.

Ce fut ainsi que cette bonne dame
termina son triste récit. Je restai encore quelques mois chez elle; mais
ayant appris tout ce qui s'était passé en
France, le retour des Bourbons et la
paix générale, malgré toutes les instances de ma bienfaitrice, je voulus

partir : le désir de revoir mon pays devenait chaque jour plus ardent. Elle y
consentit enfin; me combla de présens,
voulut me donner une forte somme que
je refusai; je n'acceptai que ce qui m'é-
tait nécessaire pour mon voyage. Je
quittai donc cette dame, en emportant
ses vœux pour mon bonheur. J'aurais
pu jouir auprès d'elle d'une douce tranquillité; mais comme dit cet auteur si
fameux :

A tous les cœurs bien nés que la patrie est chère !

Je n'avais d'autre pensée que celle de
revoir la mienne. Il me semblait, à me-
sure que j'approchais de la France, que
je respirais plus librement.

Lorsque je revis enfin cette belle contrée, je me précipitai hors de la voiture,
et me jetant à genoux, je baisai avec

transport cette terre chérie; des larmes
de joie coulèrent de mes yeux, j'oubliai
toutes mes souffrances, tous mes malheurs; mon seul chagrin était de voir
mon pays envahi par des armées étran-
gères, par des soldats que nous avions
vaincus tant de fois.

J'arrivai à Paris. Mon premier soin fut
d'aller voir madame Dartel. Je la trouvai malade; elle venait de perdre son
mari; sa mère était morte depuis quelques années; elle-même, toujours souf-
frante, paraissait ne pas pouvoir exister
long-temps.

Je ne pouvais plus servir; je sollicitai
ma retraite, et je parvins, après beaucoup de peines, à l'obtenir; mais c'était
si peu chose, que je ne voyais pas de
quelle manière je pourrais vivre. Un
monsieur, que je rencontrai chez mon

amie malade, m'offrit de me faire avoir
une place de maître d'école dans un petit village. Madame Dartel ne voulait
point consentir à ce que j'acceptasse
cette proposition : elle voulait absolument me garder chez elle ; mais, n'ayant
jamais voulu dépendre de personne, je
refusai ses offres obligeantes, et je pris
la place que l'on m'offrait. Je n'étais
plus jeune ; tout mon désir était de passer le restant de mes jours dans le repos
et la tranquillité.

Je vins donc habiter ce village, et j'y
trouvai le bonheur. Tout ce qui m'est
arrivé ne se retrace à mon imagination
que comme un songe. Tous les ans je vais
voir madame Dartel, et passer quelques
jours avec elle. Elle est venue me voir
aussi une fois, et je crois qu'elle se déci-
dera à quitter la capitale, pour venir

habiter mon petit endroit. Alors rien
ne manquerait à ma félicité.

Ah! vous avez donc fini, Monsieur
Policarpe? — Oui, ma chère Marguerite. — C'est bien heureux; mais en
écoutant attentivement toutes vos his-
toires, vous ne nous dites pas ce que sont
devenus tous vos héros, Isidore, Pauline,
sa compagne, votre tante, votre cousine Agathe, etc., etc.; vous savez qu'un
romancier ne doit jamais laisser le lecteur dans l'ignorance du sort de tous les
personnages de son histoire. — Ma foi,
Marguerite, je te répondrai que, quant
à Isidore, Pauline, sa compagne, madame Gilet, les Fichet, père et fils, j'i-
gnore leur destinée.

Laure épousa son amant, et devint
une grande dame. C'est assez dire qu'elle
en prit tout l'esprit, et que son époux le

fut après, comme il l'avait été avant.
Ursule ouvrit une boutique de nouveau-
tés, et finit par épouser un de ses con-
frères. Mes tantes moururent pendant
mes voyages. Agathe se mit fille de boutique chez une marchande de modes. Sa
maîtresse mourut : elle lui succéda au
magasin, ainsi qu'au lit du mari. Isabelle
est toujours en province, et je n'ai jamais
entendu parler d'Annette. Voilà ce dont
je puis instruire le lecteur. — Ainsi vous
avez fini ? — Oui, Marguerite. — Mais
vous n'avez jamais eu de nouvelles de
cette jeune malade dont vous avez été le
médecin ? — Si vraiment ; mais je garde
cela pour un autre moment. — A la bonne
heure. Ainsi c'est donc à mon tour ? —
Oui, Marguerite. — Eh bien, je com-
mence. Je suis morte.... — Un moment.
— Oui, je passe au moins pour être

morte, puisque je suis enterrée. — Paix,
Marguerite, un moment. — Mais, Monsieur, puisque c'est à mon tour, pourquoi me couper la parole? — Parce que
je vais d'abord donner au public cette
partie de mes contes, et si j'ai le bonheur
de lui être agréable, je lui en donnerai
la suite, et, par conséquent, ton récit.
— Je vois qu'il faut encore que je me
taise. — Mon Dieu oui! — C'est fort
désagréable, et si vous n'avez pas le
bonheur de plaire? — Je n'écrirai plus.
— Si, Monsieur Policarpe; si, vous
écrirez; parce que je veux qu'on lise
les contes de votre gouvernante.

FIN DU TROISIÈME ET DERNIER VOLUME.

TABLE

DES CHAPITRES DU TROISIÈME VOLUME.

www.ingramcontent.com/pod-product-compliance
Lightning Source LLC
Chambersburg PA
CBHW051820020726

47502CB00005B/1548